獄中日記

塀の中に落ちた法務大臣の１１６０日

河井克行

飛鳥新社

獄中日記　目次

僕が受刑中に亡くなった父・宏雄《ひろお》と、父を天国で迎えてくれた母・聰子《としこ》の思い出に捧ぐ。

第一章

受刑者になった日

二〇二二年一月

僕は、受刑者になった

遡《さかのぼ》れば、そもそも捜査の入口段階から、検察が粗雑な捜査を行っているのでは、と僕も妻も弁護士たちも感じていた。国家権力があらかじめ何らかの意図を持って捜査することは正しいのだろうか。

僕はそれを恐ろしいことだと考える。

敏腕の検察ＯＢたちで構成されていた僕の弁護団は、現在の検察の捜査・取り調べの力量が著《いちじる》しく低下していることを嘆いていた。

二〇二〇年三月三日、僕たちの身辺に家宅捜索が入った。この日にガサが入るとの情報を得た弁護団は、妻と僕をホテルに退避させた。僕たちは弁護士の指示の下《もと》、書類その他のものに一切手をつけず、着の身着のままで朝のうちに都内のホテルに入り、客室でまんじりともせず過ごしていた。

午後の何時ごろだったろうか、弁護団から一切の捜索が終了したことを知らされた。僕は議員会館の他の議員事務所に大きな迷惑をかけたろうなあと想像して、胸が痛くなった。

深夜零時前、静かな春の夜だった。僕はホテルのベッドの上でほとんど眠りに落ちかかっていた。世の中はその日も平和に過ぎていて、僕たちの周りだけに嵐が吹き荒れた一日だった。

いきなり部屋のブザーが鳴った。と同時に、何かを激しく、叩きつける音が響いた。ドンドンドン！　とホテルの扉が叩かれ、蹴られた。

まだ起きていた妻が驚いて僕に向かって、「文春が来た！」と叫んだ——いま考えれば、文春ならそんな分かり易く、優しい手は使わないに違いない——。僕は飛び起き、寝巻き姿でドアに駆け寄った。

ドアスコープから見ると、ドアの前には黒服の得体の知れない十人ほどの男たちがいて、大きな声で喚《わめ》きながら扉を蹴り飛ばしている。ドアノブが外からこじ開けられようとして、ガチャガチャと大きな音を響かせていた。

ドアチェーンを破壊

何が何だか分からない。僕は中に入らせまいと、必死にドアを押し返した。文春の記者連中か、はたまた暴力団なのか。これまでに経験したことのない恐怖が襲って来た。相手が誰か、皆目見当《かいもく》もつかないことが僕の恐れを一層大きくした。心臓は早鐘《はやがね》を打ち、足はガタガタ震えていたが、人間はこういう時、反射的に大切なものを守ろうとするものなのだ。とにかく妻を守らなければならない、妻に危害を加えられてはいけない、僕の頭にはただそれだけがこだました。

しかし、呆気《あっけ》なく鍵はこじ開けられ、ドアに隙間《すきま》ができた。U字のドアチェーンだけが、かろうじてドアを開かせまいとしている。

「中に入れろ！」

「そこにいるのは分かってるんだぞ！」

黒い革靴の先を、開いたドアの隙間に滑り込ませながら、男たちが喚《わめ》いている。暴力的で粗暴な言葉遣《づか》い、普通ではありえない暴行を働いている様からは、事案に便乗した反社会的勢力かもしれないと、考えるほかなかった。その時僕は、命の危険を感じるくらいに、ものすごい恐ろしさが身体中から湧き上がった。僕は全身の力を込めて扉を押し返した。しかし、ステンレス製のドアチェーンもあっという間に壊されてしまった。そのとき異常な圧力をかけられた僕は、左膝の半月板を損傷してしまった。以来、満足に走れなくなり、常にサポーターを着けないと違和感や痛みが生じるようになった。

男たちがダダダダダと、濁流のように部屋のなかに雪崩《なだ》れ込んできた。妻は、と見ると、ソファの上で目を大きく見開き、足を折り畳んで身を固くしている。

「なんなんだよ、あんたたちは！」

僕が大声を出すと、ようやく男の一人が「検察だ。捜査令状がある」と言いながら、くすんだような茶色の紙を広げて僕の前に突き出した。

僕はそれまで、この暴力団のような連中が検察官だとはつゆほども思わなかった。学があるはずのエリートの彼らならば、少なくとも名を名乗って入ってくるだろう。

「こんな無茶苦茶なやり方があるか！」

僕は怒った。

「観念しなさいよ、河井さん」

少し頭の禿《は》げかかった色の白い丸顔の男が面倒臭そうに言った。

「は？　かんねん？」

言っている意味がすぐには分からなかった。観念も何も、こちらは逃げ回っていたわけではない。弁護団の指示でホテルに入っていただけだったのだ。

それに、捜査に必要だろうと思われる全ての資料は、すでに自宅と事務所の捜索によって検察に押収されているのだ。こちらは全くの丸腰である。十数名もの検察官たちに取り押さえられるような凶悪犯でも何でもない。僕は頭に来て怒鳴った。

「こんな捜査が法治国家で認められると思うのか！」

捜査が適切であるとはとても思えなかった。妻も僕も検察が要請してきた任意の取り調べには、その都度全て応じてきた。彼らとの間で意思の疎通は図ってきたつもりだった。しかも、僕と妻の弁護団はベテランのヤメ検揃いだ。僕たちに用があるんだったら、弁護人を介していくらでも事前に連絡はつけられたはずだ。僕たちは現職の国会議員だし、僕はつい数カ月前まで法務大臣を務めていた人間だ。どこにも逃げも隠れもできない僕たちが、なんでこんな凶悪犯人のような扱いをされなければならないのか。僕は心底憤《いきどお》った。

けど、「こっちには令状があるんだよ」と検察官は冷たく言い放つだけだった。

全裸になった妻あんり

僕と検察の集団がこんな押し問答をしているのを震えながら見ていたはずの妻が突然立ち上がった。妻は男たちを見据《みす》えながら、「そんなに調べたいなら、どうぞお調べなさいよ！」。そう言って、あれよあれよという間に、着ていた洋服をパッパと脱ぎ始めた。

僕が押し留める間もないほど鮮やかに、妻は下着を脱ぎ、全裸になり、男たちの前に立ちはだかって言ってのけた。

「どうぞ。どこでも思う存分調べたらいいじゃないの。何も隠し立てすることなんてないんだから。さあ、前でも後ろでも調べたらいいじゃないのよ！」

さすがに検察官が彼女にタオルをかけようとした。彼女はその手を振り払い、決して自分の全身を隠そうとしなかった。

考えてもみてほしい。自分の妻が他の男たちの目の前で全裸にならなければならないほど追い詰められている状況を。夫としてこれほど辛《つら》いことがあるだろうか。

しかし彼女は堂々としていた。僕と検察官が相変わらず怒鳴り合いを続けているのを尻目に、妻は興奮と狂気の空気が籠《こも》ったその部屋の受話器を取ると、「お水を十五本ほど持ってきてやってください」と静かにフロントに電話をかけ、検察官に向かってこう言った。

「じゃ、私はもう寝ますから。あなた方、そんなに興奮してたら喉も渇くでしょ。いま、お水を頼みましたから、どうぞお飲みになって」

そう言って彼女は裸のまま寝室に入り、本当に一人、すやすやと寝入ってしまった。

しかし実際、そのとき僕たちが検察官に差し出せるものと言えば、携帯電話とこの身体くらいしかなかった。それにもかかわらず、朝四時まで検察官たちは部屋のあちこちを探し回っていた。

翌朝、一睡もできずにソファに座っていた僕を前に、清々《すがすが》しい様子で目を覚ました妻は、クスリと笑いながら「ハハハ、あの人たち、すっごくイキがってたわねぇ」と言った。

妻は、「自分たちこそが権力だ」と、鼻息荒く踏み込んできた検察官たちにすっかり鼻白《はなじろ》んでいた。検察官たちの大騒ぎを、「国家権力の権威主義の馬鹿馬鹿しさね」と評した。権威主義の馬鹿馬鹿しさ。それは言い得て妙かもしれない、いつの時代にあってもだ。

しかし本件において、この出来事はほんの序章に過ぎなかったのである。

関係各位へのお詫び

この原稿を書くにあたり、僕はまず、僕と妻を支援してくださった選挙区の皆様、自民党、永田町の関係各位に深くお詫びしたい。

控訴を取り下げた日に、僕は次のような声明を発表した。

「この度、控訴を取り下げ、速やかに刑に服する決断をいたしましたので、ご報告申し上げます。

私は、罪を償うとともに、今後の人生の中で、出来ますれば社会に再び何かしらの貢献をすることをお許しいただけるよう、己《おのれ》を日々厳しく練磨《れんま》し、心を高めてまいる所存です。

今後、現金を受領された方々に関する検察審査会が開かれると聞いておりますが、今回の件の全ての責任は私ただ一人にあり、私が全てをお引き受けする覚悟です。受領された方々への寛大なご措置を、平にお願い申し上げます。

最後に、多くの方々にご迷惑、ご心配をおかけしたことを深くお詫び申し上げます。そして、これまで一緒に闘ってくださった弁護団の先生方、今まで私を信じ、応援を続けていただいた多くの皆様に、心からの感謝を申し上げます。

令和三年十月二十一日
河井克行」

この気持ちは、いまも全く変わっていない。

しかし、僕が引き起こしたこととはいえ、一連の捜査と裁判に関して、納得がいかないことも少なくなかった。

そのことが闇に葬られるのは無念だ。僕や妻を支援してくださった皆様に、せめてこのことだけは知っておいていただきたい。

検察の恣意による「公訴権濫用」

弁護団が法廷で明らかにしたところに従って書き進めていきたい。

捜査はおおよその関係者に対して高圧的であったり、あるときは迎合したりするなど、一貫して誘導的に行われていた。

弁護団の主張の前提には、受け渡された現金の「趣旨」を鑑《かんが》みるべきだとの考えがある。その前提に立ち、弁護団は次の二点を強く主張した。

一つは、検察側は受け渡された現金の全てを買収の意図があるものとしているが、その判断そのものが非常に乱暴なものである。僕は現金供与の事実は認めるが、それぞれの人たちには現金を供与した個別の経緯・事情・理由があり、それらは参院選で妻の当選を得せしめることだけが目的ではなかったこと。

二つ目に、今回の起訴そのものが「公訴権を濫用《らんよう》」したものであること。

この二つの論点は切り離して考えることのできるものではない。

「公訴権の濫用」とは、つまり「誰を起訴し、誰を起訴しないか、という権限が濫用された」という非常に厳しい指摘である。「公訴権」を持つのは、わが国において検察のみである。警察も持たないこの権限が、検察の強大な権力の基盤となっている。

今回の事件において当方の弁護団が大きく問題視したのは、本件が投票買収事案であり、現金供与者として僕と妻とを起訴しながら、「受け取った側（被買収者、または受供与者という）については、その人たちの地位や受供与額、受け取った回数を一顧だにせず、誰ひとり起訴していない」という点であった。

投票買収事案はいわゆる「対向犯《たいこうはん》」であり、買収罪と被買収罪は同時に発生しているはずである。にもかかわらず、僕の最終弁論が行われた二〇二一年五月十八日の時点で、被買収側は誰ひとり起訴されていなかった。結局、検察の判断で、被買収側は全て不起訴となった。

これは、著しく公平公正を欠く裁量権の行使であるし、「これまでの同種の事例から見ても、著しく均衡を欠くもの」であるということだった。

弁護団は最終弁論でこう述べている。

「受供与者の証人尋問の結果によれば、これまで誰ひとりとして不起訴処分もされていないことが認められるところ、これは告発の受理・不受理すら明確にせず、あえて被買収者を『処分が保留されたままの地位に置く』ことで、検察にとって有利な証言を得ようとしたことが明らか」だと。

検察による自白の〝強要・誘導〟

この最終弁論に至るまでの長い長い公判のなかで、僕の弁護団は、検察側の証人として呼ばれた地方議員や首長らに反対尋問を行い、統一地方選挙中やその前後に僕が彼らにお金を渡した様子を細かく聞き出した。

その多くは、あっさりと受け取った様子を述べた。

当時、多くの議員は、普段からよく行われている自身への陣中見舞いや当選祝いであるとの認識を持っていて、何の悪気もなくお金を受け取っていたのだ。

しかし、弁護団がさらに追及したところ、そんな彼らに対し、検察官が「あなたのことはアドバイスもあげるし、守れることは守るんで、正直に話をしなさい」とか、「このままだと、あなたは本当のことを言っても言わなくても、もうもらった人なんだよ」とか、「あなたのためには、もらったと言ったほうがいいよ」などと硬軟織り交ぜて、河井陣営から買収されたと認めるよう強要・誘導していたことが明らかになった。

また、受供与者は皆、受け取ったお金を僕に返すか、慈善団体へ寄附するよう、検察官から取り調べの際に「指導」を受けていたようである。おそらく捜査の当初から、受供与者を立件しないことが検察内部の方針として決められていた一方、受供与者が金を懐《ふところ》に入れたままでは、そのあとに想定される検察審査会に耐えられないと検察が恐れていたためではないかと考える。

各受供与者が「自発的に」返金したこともあって立件を見送った、と外向けに格好つけるため、検察が振り付けたのだと推察する。

僕たちから現金はもらっていないとメディアの前で釈明していたのに、結局はもらっていたと翻《ひるがえ》した地方議員の一人は、受け取ったお金を現金書留で返すことを検事から教唆《きようさ》されたと言う。その際の検事とのやり取りについて、こう述べた。

「検事さんに話をした後、『マスコミにも話をしなきゃいけない』と私は言いました。すると検事さんは、『捜査に影響があるのでノーコメントで通してください』と言うのです。『それでは嘘をついたことになる』と申し上げましたところ、『あなたは直接受け取っていない。お金も返したんだから金銭の授受はないと言っても嘘にはなりません』と（検事から教えてもらった）」

このようにして、検事はマスコミを通じ有権者に対して虚偽の説明をすることを促《うなが》したのである。

姑息なやり方の録音・録画

また、選挙に深くかかわってくれた人の中には、自分の選挙や普段の政治活動における法律違反の疑いをチラつかせられ、「河井から買収されたと認めないのならば、あなた自身の違反で引っ張ることもできるのですよ」と脅《おど》された者もいた。

また今回、政党支部の職員として正式に雇用していた者への正当な給与をも、「買収」と認定されてしまった。今後、政治家の事務所は、職員に給与を支払わないで、一体どのように選挙を戦えばいいのだろうか。このことについても、検察は非常に乱暴な解釈をした。

さらに続けて弁護団は、「極めて姑息《こそく》な対応」と検察の捜査を断罪している。

「取り調べ担当検察官の言動はおよそ公益の代表者とは言えず、受供与者に検察官の意に沿う供述をさせようと苦心するあまりの卑屈な態度が明らかとなっている」

「異常な捜査処理を想定してのことか、受供与者の取り調べ状況について全過程の録音録画は実施されず、ほとんど全ての者について、供述調書を作成し終えた後に……レビュー方式によってごく短時間の録音録画が実施されているのみである」

ちなみにこの録音・録画という仕組みは、「志布志《しぶし》事件」——二〇〇三年の鹿児島県議選をめぐって公職選挙法違反の罪に問われた十二人の被告全員が無罪となった事件——など、自白の強要や違法な捜査が横行していたことを教訓に、取り調べの様子を一部可視化することの必要性が説かれ、二〇〇六年から順次導入されてきたものである。

ところが今回の事件における録音・録画は、供述調書を作り終え、検察官の指導の下で数回の受け応えのリハーサルが行われた後にされた、ごく短時間のものであった。こんなやり方は、これまで違法な取り調べを受けて犠牲になった方たちの心情を再び踏みにじるようなものではないだろうか。

僕は端《はな》から現金供与の事実は認めてはいたが、その時の状況や現金の趣旨については僕と受供与者の自白のほかには頼るものはなかった。だから、何がなんでも僕を起訴し、有罪に持って行きたい検察には、自白を強要・誘導しなければならない十分な〝動機〟があったのだ。

こうした検察の捜査手法について、主任弁護人の名取俊也《なとりとしや》弁護人は厳しく断じた。

「片手に起訴という鞭《むち》を、片手に不起訴という飴《あめ》を持ち、供述内容によってはそのいずれかを選ぶという姿勢を（検察官が）示すことによって、供与された現金の趣旨について、投票及び投票取りまとめに対する報酬である旨《むね》の供述を得、その供述を公判廷でも維持させようとした疑いが極めて強い」

被買収者全員不起訴の異常

これまでの実例や検察事務に照らすと、受供与者たちは明らかに起訴されるべきであったにもかかわらず、検察の意に沿う証言をする限り、全員が不問に付された。

しかも、「受供与者を取り調べた検察官がわざわざ公判に立会して尋問を行うことにより、捜査段階の供述を維持させようとする検察官の意図が明白となっている」（弁護人最終弁論）。

以上のことから弁護団は、受供与者と検察官との間に「いわゆる『裏取引』がされたことは十分に推認される」とまで踏み込んだ。

その取引が仮に明示的に行われたものでなくとも、「検察官の調べにおける言動や、受供与者を誰ひとりとして起訴していないという事実から、検察官の意に沿う供述をする限り起訴されるはずはない、と、受供与者側に期待を持たせていたことは間違いない」（弁護人最終弁論）というのである。

僕は現金を渡した側であるし、そのことによって多くの方々に甚大な迷惑をかけた。僕から現金を渡された県議・市議の中には、その時期が当時、統一地方選挙の最中やその直後であったことから、極めて一般的な、よくある「陣中見舞い」や「当選祝い」として躊躇《ちゅうちょ》なく受け取った人も多かったことだろう。

それをこのような事件に巻き込んでしまって、本当に申し訳ない思いでいっぱいである。僕自身は、彼らが起訴されるなど、考えただけでもいたたまれない思いに駆られてしまう。

だが、弁護団の主張するところは、僕の立っている政治的責任の取り方とは異なるものだ。法的に、また、法の運用、捜査手法として、今回の被買収者の全員不起訴はおかしいと言っているのであり、このような前例を残すことの重大性・危険性を深刻に認識したうえでの主張であった。

しかしその主張は一顧だにされることなく、二〇二一年六月十八日、僕には懲役三年の実刑判決が下った。

解せない裁判所の検察への「気遣い」

地元の事情を詳細に取材している「中国新聞」も、名だたる全国メディアも、僕の弁護団が言うところの「検察の不正義」を、ほとんど取り上げなかった。

しかしながら、「日本経済新聞」二〇二一年六月三十日付の「真相深層」では、この記事の書かれた時点でもなお被買収側が誰ひとり刑事処分を受けていないことに対し、こう切り出している。

〈目的を達成するためであれば強引な奇手を使っても許容される。そんな疑念を抱かせる結果ではないか。奇手を用いたのが権限執行の公正・公平が厳しく求められる検察で、許容したのはそれをチェックするはずの裁判所なのだから、問題は大きい〉

そして、六段にわたる記事が掲載された。

〈これが司法取引の結果であれば、理解はできる。ところが日本版の司法取引は、公職選挙法を制度の対象としていない〉

と、一般の読者にも分かりやすい解説をし、

〈さらに解《げ》せないのは裁判所の判断である。「著しく均衡を欠く」とする弁護側の訴えを、

判決は「訴追裁量権を逸脱するとはいえない」などと、完全に退けた〉

として、裁判所の判断に厳しい見方を示している。

そして十一年前の大阪地検特捜部による証拠改竄《かいざん》事件を引き、こう結論している。

〈国民が期待する検察の姿からまたずれ始めてはいないだろうか〉

刑事事件においては、裁判所、特に地方裁判所は検察に対して必要以上に気を遣うものですよと、妻は当初から検察官経験者に聞いていたと言う。なるほど、こういうことだったのか、というのが実感である。

ともあれ、僕への判決は前例を作ってしまった。この先、司法制度の公平性はどうなるのだろうか、僕は暗澹《あんたん》たる危機意識を抱いた。一審の判決後、即日、控訴したのには、それを確かめ、糺《ただ》さなければならないという義務感、使命感が強くあったからだ。単に、自分の身を案じるという個人的理由だけではなかったのだ。

だがその一方で、時あたかも、岸田内閣発足後初めての衆議院解散が取り沙汰されるようになった。これ以上事案を引き延ばすことが、多くの人たちにさらに大きな迷惑をかけるのではという気持ちも湧いてきた。

六月十八日に一審判決を受け、東京拘置所に再勾留《こうりゆう》されて以降、控訴を取り下げるまでの四カ月間、僕の心中にはこうした相反する葛藤《かっとう》があった。

「政治と金」の真実

さて、政治家同士の金のやり取りについては、選挙とかかわりなく生活している方々には馴染《なじ》みのないことであろうし、びっくりされた（または、やっぱりねと思われた）かと思う。しかしながら、国政選挙の候補者（特に現職国会議員）と地方議員・首長らとの間での現金のやり取りは、ごく普通に、日常的に行われている現象なのである。

大方の皆さんの予想とは異なり、政党支部や政治資金団体を介して行われる金のやり取りは全くの合法なのである。地方議員が持つ政党の支部に対する寄附は、党勢拡大や政治活動を支援する趣旨の現金授受とみなされ、完全に合法なのである。

今回の事案の舞台となった二〇一九年参議院選挙の公示前にも、各議員の収支報告書を見れば分かるとおり、参院選の候補者または候補者を支援する国会議員と地方議員らとの間で、金のやり取りが与野党問わず全国至る所で広く行われた。

しかも、この年の四月には統一地方選挙があった。選挙の前には、多くの現職国会議員並びにベテラン地方議員らは、関係のある地方議員に対して「陣中見舞い」として金を配る。

金をもらった議員は、金をくれた相手の政治資金パーティーに出席するなどして、その礼をまた金で返すことになる。

狭い政治の世界で、金は一カ所に留まるのではなく、絶えず関係者の間をぐるぐる回っているのだ。こうした団体間での金のやり取りは、与野党問わず日本全国の政治の慣習であり、慣習であると同時に合法でもある。

国会議員の党支部から地方議員の党支部・後援会への寄附は合法であると述べたが、今回の妻の陣営でいえば、一億五千万円が政党支部のお金に当たる。メディアは一億五千万円が自民党本部から妻の陣営に振り込まれたことを盛んに問題視し、果てはそのお金が買収に使われたのではないか、と執拗《しつよう》に疑った。

しかし実のところは、各地方議員への寄附は、政治資金収支報告書提出期限である翌年の五月までに、「政党支部から政党支部あるいは地方議員の後援会への寄附」という処理をすれば、完全に合法なのである。

メディアはそのことを知らなかったのだろうか。それとも知っていたにもかかわらず、スキャンダラスにしたいがためにあえて報じなかったのか。いずれにせよ、妻の選挙において、政党交付金は、全て、自民党支部長としての妻の知名度を上げたり、妻の政治理念・政策・活動を広く知っていただいたりするための広報費・印刷費・事務所費・人件費などに使用した。今回の〝買収〟事案とは一切、何の関係もない。

疑念のある方は、政治資金収支報告書が公開されているので、ぜひご覧いただきたい。妻が代表を務めていた政党支部――自由民主党広島県参議院選挙区第七支部――が受けた政党助成金のうち九割は、政党機関紙や政策チラシの作成・配布に使われていたことが、明確にお分かりになると思う。

主な内訳は、政党機関紙『自由民主』号外の制作と配布などに一億二千四百万円、事務所費に一千七百万円、人件費に二千五百万円となっており、買収事案に使用する余裕など、ただの一円もなかったのである。

議員歳費への誤解

この問題の根底にあるのは、政治における会計処理が一般の会計とはかなり異なる特殊なものであること、領収書をどの関連団体からの支出にするということが、収支報告書を作成する段階で決められること、といった実情である。

多くの国会議員はいくつかの政治団体、資金管理団体、政党支部を持っているので、どの団体から支出したのかは、収支報告書提出の期限までに整理することになる。なぜ、お金を渡した時点で、どの団体からの支出なのか、はっきり決められないのかを説明すると……。

各団体の年間上限額は法律の定めるところにより、それぞれの団体の分類ごとに異なっている。よって、法の趣旨に適合させるためには、各団体の年間収入額は収支報告書を作成する段階にならないと最終確定できない。当たり前のことだが、収入の範囲内でしか支出はできないので、お金を渡した時点では、どの団体からの支出にするのかが明確に決められない、ということになるのである。

因《ちな》みに、国民の中には、議員歳費は全て国会議員の生活費に使われていると考えておられる方が多いかもしれない。しかし実態はかなり違う。ほとんどの議員にはそんな余裕はない。歳費も文書交通費も全て事務所の会計に入れ、そこから私設秘書を含め何人もの人を雇ったり、行事の会費や事務所の経費、葬儀の際の香典《こうでん》などを支出したりしているのである。当選回数が少ないうちは自力で政治献金を集めることがままならないので、世襲でない若手の国会議員は概《おおむ》ね〝貧乏〟なのである。

今回、僕がお配りした金銭についても、配った時点では領収書をもらわなかった。全て僕のポケットマネーから出したものだった。後で、僕が持っているどの団体から支出したことにするかを報告書作成時点で割り振り、受け取った方々から領収書をいただき、そのうえで、僕が持つ団体から僕のポケットにお金を返してもらう、という事務処理を行うつもりであった。これまでもいつも行っていたのと同じように。

先述のとおり、政治資金収支報告書の提出期限は翌年の五月である。つまり、二〇一九年に使ったお金の報告は二〇二〇年の五月に行われる。しかし今回の事案では、事件化されたのが二〇一九年の十一月頃で、二〇二〇年三月には〝ガサ入れ〟で全ての会計書類が押収されてしまった。

そのため、収支報告書を作成して、お金を適法に処理したくてもできない状態に追いやられてしまったのだった。

もうひとりの自民党候補であった溝手顕正《みぞてけんせい》参議院議員（宏池会《こうちかい》最高顧問）の選挙対策本部長だった宮澤洋一参議院議員も、参議院選挙直前の六月に地方議員に対して金を配っていたけど、僕たちの事案が表に出たため、「選挙に近いとヤバいのでカネを渡したのは十一月ということにしてほしい」と、地方議員らとの間で領収書のやり取りをしていたことが、僕の公判で証言された（第四十四回及び四十七回公判における尋問調書）。

検察の巧妙なやり口

しかし、宮澤参議院議員が配った金については、検察は全くの不問に付した。それなのに、僕たちについては、こうした政治活動の実務や政治資金収支報告書の作成時期との関係について、検察は見ようとしなかった。

というよりも、収支報告書作成時期の前に資料を押収することによって、会計担当者が領収書を取ったり、団体間の割り振りをしたりすることができないよう、故意に妨げていたとしか考えられない。

こうして、僕が統一地方選挙中またはその前後に配った「陣中見舞い」や「当選祝い」についても、検察は妻の選挙のための〝買収〟資金だと決めつけたのである。

関連する全ての資料が検察に押収されっぱなしだったため、例の〝一億五千万円〟の使途について、妻や僕はメディアに問いただされても、答えようがなかったのである。そのため、自民党には多大な迷惑をかけてしまったし、国民の皆様に大きな疑念を抱かせてしまったことは、重ねてお詫びしたい。

支持者と妻への思い

二〇二一年六月十八日、僕に判決が下った。懲役三年、追徴金百三十万円。最終的に四百八日にも及んだ未決勾留期間が一日たりとも刑期に算入されないという、日本の裁判史上あまり例を見ない異常ぶりだった。

僕は初め、この判決を到底受け入れることができなかった。判決を聞いて真っ先に浮かんだのは、生意気な無名の若造に過ぎなかった頃から僕を三十年も支え続けてくれた多くの支持者のお顔だった。

家族同様に僕に接し、数ある僕の欠点を許し、僕を支えてくれた人たち。苦しい時も一緒に戦ってくれ、僕の喜びをわが事のように喜んでくれた広島の支持者の皆さま。あの人たちの顔に泥を塗り、みんなで一緒に築いてきた信頼が、法廷という場で否定されてしまったことがとても悲しかった。

僕は寂しくなった。結局、僕は一人では何もできなかった。一人でやってきたような傲《ごう》慢《まん》な考えを持っていた自分を恥ずかしく思った。こんな僕をどうか許していただきたい、そして、支持者の皆さんの名誉をも回復するためには、まだ戦い続けなければいけない、そう考えた。

妻にも本当に悪いことをした。彼女はたった三カ月の間に二千五百から三千カ所もの街頭演説を行い、県内各地に後援会を立ち上げ、真摯《しんし》に戦い続けたのである。

妻の周りのスタッフは嫌な顔ひとつせず彼女を支えてくれた。妻のほうもスタッフを敬い、苦しい状況でも常に笑いが絶えない彼女たちの様子は、感動的であった。

妻たちは一丸となって厳しい戦いを勝ち抜くことができた。自民党に二議席を与えてほしいと選挙で訴え続けた妻は、投開票の夜、もうひとりの自民党候補溝手氏が落選したことを受けて、自らの当選を祝う万歳三唱を取り止めた。妻は、自分の勝利以上に党全体の勝利を優先していたからだ。

しかし、僕と夫婦であるばかりに、妻は僕の共犯とみなされ、妻の選挙を手伝ってくれた多くの方々も罪に問われたり、人生が一変したりした。何よりも、高い志《こころざし》を抱き、澄んだ潔い心でこれまでの全人生を政治に傾け、さあこれから国政で勉強しながら立派な政治家を目指そうと一歩を踏み出したばかりの妻の政治生命を、僕は潰《つぶ》してしまった。

こうした多くの自省と悔しさを抱えながら、二〇二一年六月十八日、僕は懲役刑の宣告を受け、東京拘置所に移送された。

即日、控訴の手続きをした。

数日後、妻が面会に来た。彼女は僕が有罪になることは予想していたかもしれないが、実際に拘留中の僕の姿を見るやいなや泣き崩れた。

だが、それも初日だけだった。十月下旬の控訴趣意書提出期限が迫るまでの間、東京拘置所で過ごした平日は八十日程度であったが、妻はそのうちの七十日も東京拘置所に通ってくれた。休日は面会できないので、ほぼ毎日来てくれたことになる。

本や衣類や食べ物を差し入れ、僕の心を和《なご》ませ、笑わせつつ、次第に決心を固めさせる言葉をかけてくれた。

「みんな一所懸命やってるのよねぇ」

ある時、彼女はのんびりとそう言った。

「検察官も裁判官も、それぞれ組織の中にいて組織の論理があって、みんな食べていくために一所懸命なのよ。私たちは政治家だから、納得できなくとも、彼らのことを理解してあげる必要があると思うの」

妻は暗にこの事件の責任を私たちで引き取りましょう、と勧めているのだと僕は勘づいた。「みんなを高い目線から見てあげなきゃいけないわよ、政治家はね」。そう言って、彼女は帰っていった。

二〇二一年十月二十一日、僕は控訴を取り下げ、受刑者となった。

刑務所のなかで

僕はいま毎日、千羽鶴を折っている。上手に折れた鶴は、どこかの会社が買い取ってくれるらしい。最初は全く上手に折れなくて、一羽も売り物にならなかった。小学校時代、図画工作の通知簿がいつも1だったことを思い出した。
二、三週間折り続け、ようやく鶴らしい形のものが出来上がるようになった。けれど、指導係の先輩受刑者からは厳しいダメ出しの連続。
これが、僕のいまの現実、である。

僕のいる所は、栃木県さくら市にある喜連川《きつれがわ》社会復帰促進センターという、名前だけは朗《ほが》らかだが、れっきとした刑務所だ。僕は一番下っ端の受刑者――受刑者にも階級があるのだ――だから、ほとんど外部との接触ができない。社会と切り離された生活を送っている。

そういえば大先輩の鈴木宗男先生が、「私もね、初めのひと月は鶴ばっかり折ってましたよ。安心して！　そのうちみんな折れるようになっから！」と励ましてくださった。その言葉を思い出しつつ、何羽も何羽も折り続けているけれど、僕の折った鶴は未だに一羽も売り物になっていない。

二〇二二年三―四月

父への詫び状

二〇二二年三月二十九日。僕はこの日を一生忘れない。この日、僕の父が息を引き取った。獄中にいる僕は親の死に目にも会えないし、葬儀にも参列できない。僕にできることは独房の鉄格子《てつごうし》から窓を見上げ、激しい悔悟《かいご》が突き上げてくるのを感じながら、喉の奥から漏《も》れ出そうになる嗚咽《おえつ》を我慢することだけだった。

僕は親父に何をしてあげられただろうか？　僕にありったけの愛情を注ぎ、全てをなげうち、何一つないところから僕を一人前の代議士にしてくれた親父の人生の最終幕に寂しい思いを味わわせただけではないのか？

父の死の知らせを受けた日、僕は親父がくれた最後の手紙と数枚の写真を取り出して、四畳の独房の小机の上に並べた。

数年前に手術で声を失った父がホワイトボードに書いてくれた言葉を撮った写真、昔の家族旅行の写真、最近の闘病中の写真……それらを見ると、父がもういないなんて、嘘のようだった。

およそ十五年前に胃を全摘した父は、やがて誤嚥性《ごえんせい》肺炎を頻発するようになり、絶飲食になった。食事をすることを取るか、話をすることを取るか、選択を迫られた父は、迷うことなく、食道と気管を分離して声帯を除去する手術をすることを選んだ。

この先にどんな孤独が待っていようとも生きることを選んでくれた強い父を、僕は誇らしく思った。それ以降、父の意思はホワイトボードを介して伝えられることになった。

出せなかった手紙

だがそこへパーキンソン病が現れる。父の指は次第に、自由に動かすことができなくなった。親父が必死の思いで書いてくれた最後の手紙は、昨年六月、実刑判決を受けて小菅《こすげ》の拘置所に再収容された僕に宛てて書いてくれたものだ。そこには、親父の震える字でこう認《したた》めてあった。

「克行の未来を見届けるまでは絶対に死なないと　毎日それればかりを願うことで生きがいを感じております。一日も早く会いたくて　夢にも出てくるので　夢を見るのが楽しみです」

そして最後に、

「これからは返事を早く出すようにするからすみません」

僕はもう堪《こら》えきれなくなった。

父への申し訳なさ、罪悪感が吹き上がり、僕の胸は張り裂けた。僕はマスク越しに口に手を当て、懸命に声を押し殺した。何十回も読み返したのに、字面《じづら》では分かっていたつもりだったのに、親父の寂しさを僕は分かっていなかった。そのことに僕は初めて気づいたのだ。

独房の窓際にある便器の横に座り込み、何度も何度も額《ひたい》を土間に擦《こす》り付け、さめざめと泣いた。お詫びを言わなきゃならないのは僕の方だよお。この刑務所に移された直後に「喜連川に移送されました」と、許されるたった一行の連絡文を送ったほかに僕は、一通も親父に手紙を出せなかった。

刑務所では手紙を送る通数制限がある。いまの僕はひと月にたった四通しか出せない。いや、本当は緊急連絡の「定数外発信」を申請することができたかもしれない。しかし僕は現場の職員に迷惑をかけたくなかったし、それほどの緊急性があると思っていなかったのだ。

手紙を出していたら、少しは親父の寂しさを和らげ、生きる気力を掻《か》き立ててあげることができたかもしれなかった。後悔が後悔を呼ぶ。

広島の病院に入っていた父を東京の病院に移すことにしたのは、僕が判決を受ける前、わずかな保釈期間をもらっていた時のことだった。僕が実刑判決を受けて再び東京拘置所に入れられてしまうまでの二カ月間は、僕の人生のなかで一番、親父に寄り添うことのできた期間だった。僕はしょっちゅう病院に通い続けた。会話が十分にできなくても良かった。ただ親父の顔を見ていたかった。目と目を交《か》わすだけで満足だった。

判決を受ける二日前、この日が、僕が父に会った最後の日となった。この日、僕は父のベッドサイドに座って、絞り出すようにこう伝えた。

「お父さん本当にごめんね。心配ばかりかけて。親不孝ばかりしてしまって」

すると父は、機器で変調した声で何度も何度もこう言ってくれたのだ。

「いい息子を持って幸せだよおー。幸せだよおー。幸せだよおー」

パーキンソン病に冒《おか》された父の顔からは表情がほとんど消えていた。しかし、父が健康だったら、きっと父の顔にはいつものように、悪戯《いたずら》っぽいニヤリとした笑みが広がっていたのではないかと思った。

僕は、奥歯を嚙み締め、涙が出そうになるのを必死に堪え、父の手をずっと握りしめながら、動かない表情の下に隠された、父の本当の笑顔を思い浮かべていた。

十四年間、やもめ暮らし

母が亡くなってから施設に入るまでの十四年間、父はたった一人のやもめ暮らしをしていた。毎週末のように僕は国会を終えて選挙区に戻っていたけど、余裕のない僕の心が父に振り向けられることはあまりなかった。

分刻みで移動するスケジュール、町内会単位の小さな行事への出席、挨拶回り、国政報告会の開催、災害現場の視察……僕の注意と関心は、地元のことと自分の仕事のことにしか振り向けられていなかった。

「河井はマメだ」「河井は地元の町会議員よりも細かく回ってくれる」。選挙区のあちこちでそういう評判を立てられるのがひたすら嬉しかった。

でも一方、親父に対しては、実家に短い時間立ち寄ったり、事務所で言葉を交わしたりするなど、ほんの僅《わず》かの時間しか触れ合ってあげられなかった。それは妻に対しても同じだった。地元の行事回りを終えて一週間ぶりにゆっくり自宅に帰っても、僕はＰＣの前に直行し、その日の整理をしたり、予定表を作ったりした。コンピュータ画面に向き合う僕の背後で、話したそうに、躊躇《ためら》いがちに背後から近づいてくる妻。その気配に気づかないふりをしていた僕。

地元で妻と一緒に楽しむ唯一の機会は、近所のスーパーマーケットでの買い物。食材を買う妻に付き合って買い物カートを押すときだった。あの頃、僕は一体何を求めていたのだろうか？ 一体、何に急《せ》きたてられていたのだろうか？ 親父は幸せだったのだろうか？ 妻は？ そして僕自身は？ 政治という仕事は、政治家個人の幸せを犠牲にしないと成り立たないものなのか？ そしていまの僕には何が残っているのか？ 深く重い後悔ばかりが僕の心に広がる。

自分の人生を息子に捧げた父。僕は仕事で一人前になることによって、その愛情に応えようとした。でも、果たしてそれで十分だったと言えるだろうか？ 僕は息子として、何をすべきだったんだろう？

政治家人生を決めた助言

農協の病院部門である広島県厚生連という団体に勤めていた父は、一九九〇年、五十七歳という若さで退職した。その当時、父はいよいよ役員の声もかかる頃だったと思う。

しかしわが家では、松下政経塾を卒塾したばかりの僕が、二十八歳で県議会議員選挙に挑戦しようとしていた。父は僕を支えるために勤務先を辞めたのだ。退職金の全てを僕の選挙に注ぎ、父は僕を県議に初当選させた。

僕が県会議員になった当時、永田町では政治改革の機運が高まっていた。いろいろな新党がブームを起こし、そのうちの一つ、日本新党の細川護熙《もりひろ》代表が、僕に声をかけてくれた。当時の広島一区から衆院選に立候補しないか、という誘いである。血気に逸《はや》らんとする僕から相談を受けた父は言下《げんか》に言った。

「やっぱり自民党でないと」

もしあのとき、父の一言がなかったら、僕の政治家人生は全く異なっていただろう。一方で、衆議院が解散されたその日に橋本龍太郎先生から突如、自民党公認候補としての出馬を打診されたときは、父はこう言ったのだ。

「どんなに逆風でも、全く準備ができていなくても、やるべきだ」

僕はその選挙では敗れたけれど、その敗北は次の小選挙区制度初の総選挙に繋がっていった。敗北が、時に次に繋がるものだということを僕はこのとき初めて知った。こうして、僕の国政への一歩が父の助言によって開かれたのだった。

時々、親父は運転手を務めてくれた。浪人中、運転手を雇うお金のない時はもちろん、そうでないときにも時々ハンドルを握ってくれた。国政選挙の候補予定者が事故でも起こせば大変なことになる。党にも迷惑がかかるし、なんと言っても本人に次の選挙の目がなくなる。

しかも僕は、日頃から運転スタッフの扱いが雑だった。早朝から深夜まで、一人の運転手に僕の行く所を全て一緒に回らせていたし、僕に食事を摂《と》る時間がなければ、彼らの食事や休息を取る時間も確保してあげなかった。道や時間を間違えたら大きな声で怒鳴りつける。僕は最低の雇い主だった。それで、僕には運転手のなり手がいつもいなかった。

謝っても謝りきれない

そんな僕を見かねて、父や妻が止むに止まれぬ、といった調子でハンドルを握ってくれることがあった。僕は内心、立つ瀬がなかったが、そんな自分の後ろめたさ、情けなさに気づかないふりをしていた。父に運転させて、平然としていた僕。本当に情けないよ。お父さん、本当にごめんなさい。謝っても謝りきれないです。

この文章を書きながら、僕は父を亡くしたいまになって、どれだけ父に助けられ支えられてきたか、父の支えがあったればこそ、僕は政治を行うことができたのだということにはっきり気づいた。馬鹿な僕だ。自分がたまらなく大馬鹿者に思えて仕方ない。なんで親父が元気なうちに、もっと感謝をしなかったんだろう。

親父が亡くなった次の日、僕の身を案じて、妻が刑務所まで駆けつけてくれた。

「お父さんは眠っているようだったよ。『何も心配しないでくださいね』ってお話ししてきたよ。お父さんは強く精一杯生きてこられたと思う。だからあなたもお父さんから受け継いだ強靱《きょうじん》さを保ち続けてね」

妻は静かにゆっくり話し始めた。そして、亡くなる数日前に親父を最後に見舞った時の様子を教えてくれた。

「点滴になってて、だいぶ痩せておられたの。私が行ったら、涙ぐんでいるように見えた。お父さんに、『克行さんはとても元気で、刑務所の中でも一所懸命勉強しているので大丈夫です。勉強できる機会をもらった、と言ってありがたく思って頑張っています。あの人は、ただの男じゃありません。いま一所懸命頑張っているから、きっと出所後にはまた新しい道で成功してくれると私は思っています』って言ったら、お父さんは、『ありがとう、ありがとう』って言って、私に握手を求めてこられたの。言いたいことがたくさんあったんだと思うわ。ホワイトボードにいろいろと書いていただいたんだけど、残念ながら読めなかったのよ。

読めないんだけど、一所懸命書いておられるので、『分かりました、克行さんに伝えますね』って言ったんだけど、お父さんはホワイトボードが手元から離れてもまだペンを動かしていらっしゃった……」

ぽつりぽつりと語る妻をアクリル板越しに見て、僕は泣き叫び出したくなる衝動を必死に抑えていた。

もう一度、父と……

父の葬儀の時刻、独房の窓を全開にして、空に向かって祈りを捧げた。夜来の強い雨が嘘のように、美しい青空が広がっていた。それはまるで天国に昇っていく父を、母が優しく出迎えてくれているような、これまで見た中で一番温かい空だった。その日は奇《く》しくも父と母の結婚記念日だった。

もう一度、親父と一緒に酒を酌《く》み交わしたかった。温泉で背中を流してあげたかった。もう一度、全身で抱き締めたかった。両手をぎゅっと握りたかった。

……僕は独房で一人、滂沱《ぼうだ》たる涙を流していた。その時、さあーっと風が吹いてきた。僕は、父が会いに来てくれたことを悟った。僕は思わず呟《つぶや》いた。

「お父さん、来てくれたんだねえ」

親父がカラオケで十八番《おはこ》にしていた曲が「風」だった。

その晩、滅灯前に、葬儀がつつがなく終わったことを知らせる電報が妻から届いた。電報はこう締め括《くく》られていた。

「桜美しく、風、清らかだった」

清らかな風に吹かれる桜の花びらのように、親父は天高く旅立っていった。

最後に、僕の親父の名前を知っていただきたい。僕に生命を吹き込み、僕にありったけの愛情を注ぎ、僕に生涯戦い続けることを教えてくれた僕の親父。名は、河井宏雄。享年八十八。

二〇二二年四―五月

全て失っても残るもの

小菅の東京拘置所から、喜連川社会復帰促進センターという名称の刑務所に僕が移送されたのは、昨年十一月十八日のことだった。小菅では、六月十八日に地裁で判決が言い渡されてから一度も保釈が認められることなく、丸五カ月間も収容されていたことになる。十月二十一日、東京高裁に控訴の取り下げを申請して、僕の刑期は始まった。

受刑者へ資格移動がされた後も、僕は三週間ほど拘置所にご厄介になっていたのだが、同じ建物に収容されていても、未決勾留者と受刑者とでは、その扱いは大きく異なった。まず、手元に持っていられる物が違う。差し入れしてもらえる物も違う。だから受刑者になると、まず初めに手荷物の整理をさせられるのだ。

拘置所では朝七時になると普通、食器口から箸やスプーンが入れられたのだったが、資格移動されたその朝は、突然一枚の紙が差し入れられた。

見ると、「資格移動の皆さんへ」とある。食事を普段より早く食べ、二、三十分で私物を整理するように言われた。

半年近く生活していると、たとえそれが独房でも、荷物は結構な量になる。僕は自弁購入したり差し入れされたりして房の中にあったバナナ、飴、スナック菓子、キットカットなんかを慌ててジュースで流し込みながら——なにしろ、暫《しばら》くの間、もう食べられなくなるのだから——、大量の本や文具、洗面用品などをまとめた。

拘置所に入所以来、妻が三百冊もの専門書を送ってくれていたのだが、とても全部はしまいきれないので、読み終えたらすぐに送り返していた。それでも、手元には数十冊が残っていた。これも全部妻に送り返さなければならないのだ。

それから肌着も。寒くなるだろうと案じた妻がヒートテックを十六枚も入れてくれたのに、なんだかよく判らない理由——他の受刑者が羨《うらや》ましく思うからだと——により、刑務所には持っていけないという。他にも、蛍光ペンやコールドクリーム、耳栓、筆ペン、付《ふ》箋《せん》など、あらゆるものが使用不可となり、廃棄または送り返すという処分になる。

そして僅かな手持ち品だけを持って、僕は「受刑者」になった。

受刑者のなかでも僕は一番下っ端。だからいろんな制限が一番厳しい。

たとえば、面会は月に二回だけしか認められないし、便箋《びんせん》七枚以内と決められている手紙も月に四回しか発信できない。随分、外部と隔絶《かくぜつ》された気持ちになった。

妻からの「宿題」

いま、手元の書付《かきつけ》を見ながらこの原稿を書いているのだが、僕はキング牧師の言葉をメモしていた。

「長い階段をのぼるとき、その階段の全てが見えていなくても良いのです。大事なのは、目の前にある一段をのぼることです」

さらにはエドモンド・ヒラリー卿《きょう》の言葉も。

「我々が征服するのは山ではなく、自分自身である」

当時の僕は、経験したこともない刑務所生活、長い刑期を目の前にして、慄《おのの》き、怖れる心を少しでも落ち着かせなければならなかった。刑務所がどんなところかは知らないけれど、僕はこれからの刑期を、自分と向き合い、少しでも有意義な時間としなければいけない。そう意気込んでいた。そのための偉人の言葉だった。そしてそれに加え、妻から「宿題」が示された。

「毎日幸せだなあ、と思えることを探すこと」

妻はかわいそうに、僕と同じ時期に拘置所に勾留されていたことがある。強い人である妻は自身の体験を経て、このような施設で暮らすうえで自分を保つために何をすべきかを知っていた。心に平安がありさえすれば、塀の中でも自己を高めることができると知っていたのだった。

彼女は僕が受刑者になるという時、こう言った。

「三年といえば、ちょうど博士課程と同じようなものだね。私はあなたが留学に行っていると思ってるわ」

こうして僕は、〝喜連川大学院〟に入学したのだった。

気づいた自分の未熟さ

いま、この原稿を書いているのは五月も連休を終えた頃で、ちょうど僕が入所して七カ月経った時点である。僕はこれまでの短い期間で、ここで何かを学んだだろうか。

喜連川に入って一カ月弱の間は新入訓練を受けた。軍隊でもどこでも規律を必要とするところはそうだと思うけれど、とにかく最初が肝心だということで、上官から厳しい指導が入るのだ。

作業中にちょっと目が泳いでいたとか、隊列の時の踵《かかと》の向きが違っていたとか、それだけで大きな声で怒鳴られる。僕は厳しく指導してくれる刑務官を見ながら、僕自身が厳しい上司であった時分を思い出した。

刑務官と受刑者の関係はれっきとした上下関係であるが、僕が上司として秘書やスタッフに支えられていた時、それはまさに彼らに「支えられていた」のであって、決して僕が彼らに優越する人間であったというわけではなかった。

しかし、当時の僕にはそれが全く分かっていなかったのだ。僕はよく大声で、しかも人前で彼らを怒鳴り散らしていたし、もっと悪いことに、「なんで俺の言っていることが分からないんだ?」という叱り方をしていた。なんで分からないのかが分かっていれば、失敗なんかしないのにねえ。

僕はいつも妻から、大声で人を叱ることや人前で怒りの感情を露《あら》わにすることがいかに恥ずかしいことなのか、こんこんと説かれていたのだけれど、僕にはその恥ずかしさが全く分かっていなかったのだ。

いま、自分が叱られる身になると、可愛い部下をあんな調子で叱るんじゃなかったと思うし、僕の意のままに動かないからといって、彼らのことをダメな奴と烙印《らくいん》を押していた自分がとても恥ずかしいという思いでいっぱいになってくる。本当に未熟な僕だった。このことが分かっただけでも、喜連川に入った収穫と言えないだろうか。

僕は受刑者になって、選挙区も収入も名誉も地元との繋がりも全てを失ってしまった。最愛の妻にも迷惑をかけた。全部を失くしてしまった男である。

だけど僕に残されたものがある。それは、人に感謝をする心、そして妻からの思いやりと愛情である。こんなになってしまった僕を妻は見捨てずにいまもなお支え続けてくれている。それが残っていることに気づいたことが、ここで得た財産である。

塀の中の面々

刑務所にいると、ここの仲間が普通の人たちなのではないかと思わされる。いや実際、本当は普通の人たちなのだ。刑務所と外の世界は本当は隔離や隔絶されているのではなくて、外の世界の延長にある。

みんな「犯罪者」で、他人や社会に迷惑をかけた者たちであることは確かである。その贖罪《しょくざい》と更生のためにこの施設に入っているのだ。しかし、彼らの人間としての真髄は、決してロクでもない奴というのではないのかもしれない。

犯罪被害者が心身ともに傷ついておられるのは確かだ。でもこの中にいると、逆に受刑者たちのナイーブな心と置かれている苦境が自分のそれらと重なってくる。お互いがお互いの気持ちを想像し、人間の心の柔らかさに触れることになる。

同じ工場に一番長い経験を持つ「大先輩」がいる。どんな経歴か訊かないのはお互いのマナーであるが、年の頃三十代と思《おぼ》しき彼は、僕から見ると、大変な指導力の持ち主だ。永田町にいれば、彼は結構なところまで昇っていくのではないか、とさえ思う。

また、喜連川に入ってすぐの新入訓練の頃、「共同室」という部屋に入れられる機会があった。数名の受刑者と生活を共にしたのだが、どの人も穏やかで、僕は心静かな時を過ごすことができた。共同室から独房に移る時には、寂しい気持ちさえした。

刑務所の中は、外から想像するよりもある種の安定や安心感がある。普通の環境であれば、ほとんどの人間は「普通」でいられるのかもしれない。そういえば、僕も昔、妻によく「あのね、普通でいいのよ、普通で」とたしなめられていたっけ。

たとえば、僕がしゃかりきになって一日に数十件もの地元の行事を全て回り切ろうとしたとき。秘書に細かすぎる指示を出していたとき。僕が気持ちに余裕がなくなっているさまを見て、妻はよく僕にそう言ってた。

普通にしていれば、僕はいま頃、ここに入る必要もなかったのだろうか……などと反省したりする。普通っていうのは、結構難しいものだ。

ともあれ、受刑者や刑務所の実態が分かるということは、貴重な経験かもしれない。僕は長年、国会議員として犯罪者の更生保護に取り組んできた。法務副大臣の後、そのための議員連盟を作ったし、大臣になってからも積極的に取り組んだ。保護司会や更生保護女性会でもたくさんの話を聞いてきた。でも、もちろん自分がこうなるまで、受刑者だった人たちの気持ちなど、本当のところは分かっていなかった。

刑法犯の再犯率は四九％。相当高い率で多くの受刑者はまた刑務所に舞い戻ってしまう。ここにいると、刑事施設内での職業訓練のあり方、社会の受け入れのあり方など、多くのことを考えさせられる。きっといまの僕なら、これまでとは違った視点で提言できるのではないかと思う。

二〇二二年五—六月

塀の中の「学問のすゝめ」

受刑生活八カ月目に入った。噂どおり、喜連川の厳しく寒かった冬も去った。

あっ、そういえば、僕はここで半世紀ぶりにしもやけになった。毎朝、独房用の居室着から工場用の作業服に着替えるのに手間取る僕は、先輩たちを待たせては悪いと思い、靴下を脱ぐ時間を節約するため、真冬も屋外の通路をサンダルに素足で工場に通っていた。そしたら足の指が痛くなった。医務相談で「これ、なんですか」と尋ねると、「それはしもやけ」とあっさり言われてしまった。

しもやけなんて子供の時以来だ。懐かしい匂いのする軟膏《なんこう》をもらった。

コンクリートに囲まれている独房は、実に深々と冷え込む。「暖房」という名の「送風」も、起床時と夕食後の短時間のみ。あまりの寒さに頭痛がした。どうやら僕は寒さに弱いらしいと気づいた。暑さにはわりと強いのだが。

独房の寒さは異常だと思ったので、「燃料が高騰しているから、今年は特に暖房費をケチっているのかなぁ？」と図書計算工場の大先輩に話しかけたら、「毎年のこと」と言う。このままじゃ凍え死んじゃうよ、まったく。「当初予算案策定時には想定していなかったエネルギー価格の高騰に対応するため……」とか何とか理由をつければ、絶好の補正予算のタマになるのにと思う。法務省しっかりやってくれよおー、マジで死にそうだよ。

と、冬の間は寒々としていた周りの森にも五月になると新緑が萌《も》え始めた。そして部屋に虫たちが遊びに来るようになると、僕たちの制服も長袖から半袖ポロシャツに衣替《ころもが》えした。

服役開始から六カ月。なんとか無事故無違反で過ごせたので、五月に「三類」に昇格した。囚人としての格付けが上がったのである。

三類になると、手紙の発信が月四回から五回に、面会が二回から三回に増える。たかが一回、と思われるかもしれないが、中に入っていると、たかが一回じゃない。外との距離が俄然《がぜん》近づいた気がして、嬉しい。

全ての数値が正常に

「三類」のもう一つの特典は、月に一度、お菓子の詰め合わせ（五百円）を注文できること。

五月分はカルビーポテトチップスのピザ味、ロッテのトッポ、ブルボンのプチあげ丸にグリコのビスコなどが入っていた。久しぶりのおやつに狂喜した僕は、配られた土曜日の午後にほとんど全部食べてしまった。

実は僕はお菓子が好きで、国会議員だった頃は毎週末金曜日に広島に帰り、妻の作った食事を食べた後、必ず「デザートは?」と催促していたものだった。

特に好きなのがプリンとアイスクリーム。キャラメル味のアイスクリームがあれば何も言うことはない。酒は外で飲むので、健康のために家では飲まないようにしていた。

妻と一緒に近所のＴＳＵＴＡＹＡで借りたＤＶＤ――僕はＣ級ＳＦ映画が大好きなのだ――を観ながらアイスを食べるときの至福。まことに平和なひとときであった。

妻は料理が上手で、特に美味しかったのがカレーと鍋料理――と言うと凄《すご》く怒られるんだけど、なんでかなあ?　ほんとに美味しいと心底から思ってるんだけどなあ――。自分では謙遜《けんそん》して「手抜き主婦」とか言ってたけど、なぜか作る料理の量がいつも多め。

二人暮らしなのに、妻はゆうに四人分くらいの量のご飯を毎回作るので、僕もつい食べ過ぎてしまう。

一方、外での会合では、多い日には一晩に三、四件の会合をハシゴして回り、食いしん坊の僕は、行った先々で飲み食いしていたので、現職の国会議員の時にはどうしても尿酸値は高め、悪玉コレステロール高め、体重重め、中性脂肪高めという、いろいろ高望みする人みたいな健康状態だった。

それが、ここでの生活のおかげで全ての数値は正常になり、健康そのものである。妻は、「よかった。あのまま国会議員続けてたら、この人、早死にすると思ってた」などと、ちょっぴり残念そう（?）に言ってくれる。

さて、その妻には本当に頭の上がらない僕でありますが、中でも特に感謝をしているのが、僕が刑務所に行くことが決まった時、僕が塀の中でも心を平らかに保てるようにと「学問のすゝめ」をしてくれたことである。

つまり僕に、勉強しろ！　と提案（命令）してくれ、その段取りも全部やってくれたのであった。いまの僕が、こうして塀の中でも前向きに心穏やかに充実して生きていられるのは、妻のお陰なのであります（ゴマスリ）。

すでに百二十冊を読破

国会議員を辞めざるを得なかった僕が言うと負け惜しみみたいに聞こえるかもしれない

けど、国会議員時代は確かに充実はしていたが、その充実感の多くは、「予定が絶え間なく入っている」からであるとか、「同じ時間にいくつもの会合が入っていて、それをハシゴする」であるとか、そういう表層的なことからもたらされていたと、いま振り返って思う。

国会議員をやっていると、言ってみれば、ベルトコンベアに乗って、行事や予定が向こうから流れてくる。もちろん、膨大な行事情報を調べてくれる秘書さんには大変なご苦労をおかけしたんだけど、自分は流れてきた予定に参加すれば一日一日が終わっていく——そんな日常だった気がする。それで「忙しい忙しい」と言っていたのである。国会議員は誰しもそうだと思うんだけど、熱病に浮かされたように忙しがることにうつつを抜かす。忙しい自分に酔ってしまう。僕もそうだった。

外交のいろんな仕事をさせてもらったけれども、世界各地をあちらこちら安倍晋三総理大臣のメッセンジャー役に忙しくて、その仕事の一つひとつの意味や意義を真剣に考えてこなかった。考える暇もなかった。

いま考えてみると、本当に勿体《もったい》ないことだった。だから、そんな深みのない生き方をしてきてしまったことに、いま反省を込めて、塀の中の生活を充実させようとしている。自分がやってきた仕事の意味を、いまになってだけど、改めて定義づけようとしているのだ。

そのための方法の一つが、妻が折衝《せっしょう》してくれた塀の中での個人授業である。

さらに妻は、絶妙に素晴らしい書籍の選び方で僕に膨大な数の書籍を差し入れ続けてくれている。小菅にいた五カ月間で三百六十冊、喜連川に入ってからもすでに百二十冊もの本を入れてくれている。主に外交・安全保障といった僕の勉強に役立つ本が多いのだけど、それ以外にも、僕がちょうど読みたいなあと思っていた本だったり、その時々の僕の心に沁《し》み入る本だったりを選んで入れてくれるのが、毎回不思議なのである。

妻の選んでくれた漫画

妻のおかげで僕は初めて地政学を学んだ。リデルハートやマッキンダー、スパイクマンといった人たちの理論を勉強した。トゥキディデスやヘロドトスといった古典も読んだ。ジョセフ・ナイ教授が著書で、「我々が学ぶべきことはトゥキディデスの『歴史』に全て書いてある」と言っているのが印象的である。

それから伝記。チャーチル、ニクソンといった人たちの伝記や自伝を読むことができたのは人生の大きな宝である。福澤諭吉先生のご著書も恥ずかしながら初めて真剣に読んだし、宗教学についても学んだ。

美しいものが見たい時には綺麗な写真集や雑誌を入れてくれた。心が折れそうな時には、清水みちこなどのクスリと笑わせてくれるような本を入れてくれたり、セネカには心を救われたりした。山本周五郎や藤沢周平、司馬遼太郎はほとんど読んだ。でも一番ためになったのは、漫画を読むことができたことかもしれない。

僕はこれまでほとんど漫画を読まなかったのだけど、妻は漫画大好き少女で、家には『ガラスの仮面』（白泉社）や『天才柳沢教授の生活』（講談社）などが転がっていた。妻の男を見る目は分からないが、漫画を見る目は確かである。

その妻が、年末年始や長い連休の前などには決まって漫画を入れてくれた。拘置所にも刑務所にも面会に来ることができないからだ。寂しく退屈な休日を、漫画を読んで気晴らしをしてほしいという思いやりからだろう。

漫画本で感動したのは、浦沢直樹『Happy!』（小学館）と、村上もとか『龍―RON―』（小学館）である。特に、『龍―RON―』は僕が力を入れて何度も訪れたブータン王国も出てくる話で、幾度も涙した。

妻の選んでくれた本によって、僕は出来上がっている。

かつて衆議院外務委員長、外交担当内閣総理大臣補佐官、自民党総裁外交特別補佐として、安倍総理の下で仕事をさせていただき海外を飛び回っていた僕であるが、妻には、どうも僕の動きが「細かい情報を集めるばかり」で、見識が体系立っていなかったように見えていたらしい。

ほろりとした先輩の言葉

しかし賢い妻はそんな言い方をしない。「安倍総理がどうしてその国にあなたを派遣されたのか、その理由を大局的に理解できるくらいの力があったほうが良かったわね」とか、「せっかく安倍総理のおかげで国際的な人脈や経験を作らせていただいたんだから、それに学問的な背骨を入れたらいいんじゃないの?」とか言って僕をおだてすかして、僕に勉強をさせることに成功したのだった。

仮出所後は、これまでの経験と、それを通じて培《つちか》った諸外国の要人との縁を活かし、日本の平和と独立、繁栄の維持にいささかでも貢献できる生き方をしたいと考えている。それで僕は妻の勧めどおり、去年の夏に小菅に収容されて以来、国際政治学・安全保障学を系統立てて勉強しているのだ。

たとえばいま読んでいるのは、秋山信将《のぶまさ》・高橋杉雄編『「核の忘却」の終わり――核兵器復権の時代』（勁草《けいそう》書房）である。本書でも指摘があるが、拡大抑止とは、米国が自国のためではなく、「日本のために」「核兵器による報復攻撃を行う姿勢を見せる」ことで、敵国に核攻撃を断念させる「核戦略」なのだ。具体的には、米本土から発射するＩＣＢＭや米原潜から発射するＳＬＢＭなど米国が保有する核戦力による「傘」が担保である。

このことを日本政府はなぜ国民に率直かつ分かりやすく説かないのか。政府は国民に対して責任を果たしているとは言えないのではないか。本書は、いまここにある核の危機を冷静に真摯に教えてくれる。

さて、ロシアのウクライナ侵略は塀の中でも関心を集めている。工場の食堂で揃って昼食を摂る際、テレビでウクライナ関連のニュースが流れると、受刑者たちは食い入るように見つめている。

にわか評論家になって、みんないろんな意見を言い合っているのが微笑ましい。なかには、「もし日本が攻められたら俺は最前線に行くぜ」と言う愛国者もいるけれど、その次には「その時は刑期を短くしてもらいたいなぁ」という切ない呟きが続くのだ。

若いけれど図書計算工場で一番長老でしっかり者の「大先輩」は、「河井さん、早く外に出て、また世界中を回って日本のために頑張ってよ」と、ほろりとすることを言ってくれる。

ニュースを見るたび、衆議院から派遣されて彼《か》の国を訪れた時のことを思い出す。あれは二〇一一年十月。自民党は野党だった。菅義偉代議士が、「河井さんは広島だから、一緒にチェルノブイリを見に行こうよ」と誘ってくださった。

僕らはウクライナに行った。チェルノブイリでは発電所のすぐそばまで行き、事故から二十五年経っても、数日滞在するだけで年間許容量を超える放射線値が測定されていることに暗澹《あんたん》とした。

原発労働者や家族が住んでいたプリピャチ市の廃墟《はいきょ》に建つ集合住宅や子供たちの遊具を見て、胸が締め付けられた思いがした。

キーウでは最高会議（国会）を訪れて、議長らと意見交換をした。マイダン革命が起きる前、美しい街と人々のうえには、まだ平和な時が流れていた。

夜、同僚の国会議員らと居酒屋風の日本料理店に繰り出し、寿司をつまんでいると、どうも日本酒の味が怪しい。店主に尋ねると、ニコニコ笑いながら「日本酒はここに保存してるんだ」と、灯油を入れる大きさのポリタンクを持ってきた。あの陽気な店主はいま、どうしているんだろうか。

意見交換した被曝者《ひばくしゃ》団体「ゼムリャキ」の皆さんは、ロシアのチェルノブイリ攻撃をどう思ったのだろうか。

僕は、工場の壁にかけられたテレビの画面を見ながら、ふと思った。

第二章

安倍総理を悼む

二〇二二年六―七月

朝の来ない夜はない

安倍総理が亡くなってしまわれたなど、僕にはいまだに信じられない。みんなもそうだと思う。独房にいる僕が触れることのできる情報は限られているが、読める新聞はどの記事も、総理の偉大さをいまさらながらに称《たた》えている。告別式の会場から車列を見送る人の波の写真があった。車列に向けて拍手が起こったという。僕だけでない、数えきれない国民が、安倍総理と遺《のこ》されたご家族を思って涙を流している。

左系メディアに理不尽に叩かれ続けた安倍総理だったから、総理にこの光景を見せて差し上げたいとすら思った。「総理、こんなに多くの国民が、こんなにもあなたを愛しているんですよ」と、お伝えしたい気持ちだった。

と同時に、その写真を見て、安倍総理とのある一夜を思い出した。

僕は無派閥の中堅・若手の自民党議員に声を掛けて、「向日葵《ひまわり》会」という議員グループを作っていた。二〇一八年の総裁選挙を控えたある日、「向日葵会」に総理をお迎えして食事会を開くことになった。お忙しい時間をやりくりして、来てくださることになったのである。

会場を新橋の広島お好み焼き屋にした僕は、前もって総理に打診した。「あんまり綺麗なお店じゃないんですけど、東京で一番美味しい広島お好み焼き屋さんなんです」との僕の言葉に、総理はいつものように明るく、「そういう店がいいんだよねぇ。お好み焼き、いいねえ、大好きだから」と仰《おつしや》ってくださった。

そしてその言葉どおり、当日、お好み焼き屋に来てくださった総理は、予定の時間が迫ってもなかなかお帰りになろうとしなかった。これは後日聞いたことだけど、安倍総理はお好み焼き会合を本当に楽しみにしておられて、当日の昼食は夜に備えて軽めに抑えられたそうであった。

そんなところに、総理の律儀《りちぎ》なお人柄が出ているように思う。

さて、全然席を立とうとなさらない総理。「向日葵会」は若手の勉強会だけど、十数人のそれほど大きな会ではない。何十人もいるような会じゃない。それなのに総理は一時間経っても二時間経っても、腰を上げようとされない。G7、G20、外国首脳との会談の裏話を面白おかしく若手に語ってお聞かせになる。当初、総理の滞在時間は三十分程度と聞いていたから、僕も内心ハラハラしながら、お話上手な総理の話術に引き込まれてしまう。

イライラした秘書官が、とうとう「総理、そろそろデザートです」と、総理好物のアイスクリームを用意して、ようやくお開きへの流れができる始末であった。

そして、僕がとても感動したのがそのあとに起きたことである。総理を先導して店の外に出ると、どこで聞きつけたのか、新橋柳通りの歩道には、数百メートルにわたって黒山の人だかりができているではないか。

安倍総理を一目見ようと集まったその人たちに、総理は小走りしながらハイタッチでお応えになる。総理が多くの人たちに愛され、そして総理ご自身も彼らの気持ちに気さくに応じておられる様子を拝見して、僕は胸がじんと熱くなった。

気さくで軽妙洒脱《けいみょうしゃだつ》、というのが総理のお人柄であったが、その人好きのする大らかなご性格は外交を行ううえでとても大きな財産であったと言える。そしてその根底には、確固とした大きな哲学と太い胆力があった。

頭のなかに地球儀が

傑出した安倍外交のドクトリンが凝縮されたのが「自由で開かれたインド太平洋戦略」である。安倍総理の偉大さのわけはその政権の長さにあるのではない。

それまでわが国のどの首相も果たしたことのない己《おのれ》の哲学と言葉で世界に通用する国際秩序を提唱し、その実現に邁進《まいしん》されたからこそ、偉大なのである。本当に安倍総理は不世出の大宰相であった。

僕は安倍総理の補佐官として外交の仕事をさせていただいた。どのタイミングでどの国を訪れるかということについては、全て安倍総理のご指示によるものであった。

あるとき、僕は総理に「総理の頭の中には本当に地球儀が入っているんですね」と申し上げたことがある。総理は「ふふふ」と微笑んでおられたが、僕が挙げるいくつかの出張先候補のなかから、「次はここに行って」という指示をいただいた地点を結ぶと、見事に一つの面を成す。インド太平洋だ。

安倍総理は、僕を三十四回もワシントンDCに出張させたのをはじめ、カナダ、ハワイ、台湾、フィリピン、ベトナム、シンガポール、マレーシア、豪州、インド、ブータン、イラン、UAE、エジプト、トルコ、ケニア、南ア、モザンビーク、バチカン、伊、独、仏、ベルギー、EU、NATO、英国などに派遣された。

個別の案件があった中近東を除けば、見事なまでに「インド太平洋」戦略の舞台であった。「インドパシフィック」は、いまや世界中の政治家、官僚、研究者、メディアの共通語になった。

安倍総理の世界観は未来を見据《みす》えたものであったが、その好例がＮＡＴＯに対する認識であったと思う。いまでこそ、ロシアのウクライナ侵攻を受けてＮＡＴＯとの関係強化が声高《こわだか》に叫ばれるが、その先鞭《せんべん》をつけたのは安倍総理の親書であったことは知られていない。

失敗を恐れない勝負師魂

あれは政権奪回の直後、二〇一三年はじめのこと。衆議院外務委員長に選任されたばかりの僕は、初めての外遊先をどこにするか考えあぐねていた。僕は思い切って安倍総理にご相談した。

そのとき返ってきたお答え、それは意外にもＮＡＴＯであった。アメリカでもアジアでもないＮＡＴＯである。そして、「せっかく行くのなら事務総長に親書を持って行ってよ」と仰った。日本の首相がＮＡＴＯのトップに親書を発出するのは史上初のことであった。

わが国のメディアはこの出来事にさほど反応しなかったけど、強い関心を示した国があった。中国だ。中国国営新華社通信は、このニュースを直《ただ》ちに配信したのである。安倍総理の戦略的思考を最も理解していたのは、ひょっとすると中国共産党かもしれない、と思える出来事であった。

安倍外交は、リスクを取ることを厭《いと》わない、失敗を恐れない、総理の勝負師魂によって展開された。第二次政権が発足した当初、日本に対するアメリカの視線は冷たく刺々《とげとげ》しかった。当時わが国は、沖縄の普天間《ふてんま》基地の移設に関し、「最低でも県外」とのたまった民主党政権の直後であったし、米国内においても、中国と韓国の執拗《しつよう》な反日工作、親中・親韓のロビイングが盛んであったから、ワシントンDCの世論はすっかり〝反日〟に毒されていて、一体どこから手を付けたら良いか分からない惨状であった。日米関係は力強い同盟としての体《たい》をなしていなかったのである。

そんな状況下、総理から僕に「米国議会への働き掛けをしっかりやってほしい。やっぱり政治家は政治家同士のほうが話が進むだろうからね。大使でも上院議員にはなかなか会うことができないだろう」とのご指示が下った。

総理はその時、こうも言われた。

「日本に来る米国議会の議員には私が必ず会うからって言ってもらっていいよ」

こうして、二〇一五年四月の米国連邦議会上下両院合同会議における安倍総理の演説への布石が敷かれたのであった。

この時の総理のご指示はまことに適切なるものであった。わが国ではあまり知られていないが、米国の政治を真に動かしているのは「キャピトルヒル」、すなわち連邦議会である。日本の政治家はホワイトハウスや各省の高官とばかり会いたがるが、それはピントがずれている。たとえばホワイトハウスは自力で予算案を議会に提出することができないし、最高裁判事や大使の任命には議会での承認が不可欠だ。政権はその都度、議会に頭を下げなければならない。総理が仰るとおり、役人の前には「elected（選挙で選ばれた）の壁」が厳然と存在するのである。

だからこそ安倍総理は、連邦議会で演説を行いたいとのご意向を強く持っておられたのであった。そしてある日、僕は総理に呼ばれた。総理は僕の目を見つめながら、こう仰った。

「終戦から七十年の節目にあたり、戦火を交えた日米がいまでは強固な同盟を結び、東アジアだけでなく、世界の平和と繁栄を守るための貢献をしている。日米同盟こそが自由と民主主義の未来を守る砦《とりで》になるという決意を述べたい。それには、全てのアメリカ国民の代表者が集う連邦議会ほど相応《ふさわ》しい場所はない。ついては、河井さんに連邦議会の根回しをしてほしい」

安倍外交が開花した瞬間

僕はその時、任務の重大さに緊張を覚えた。この話を実現できれば、日米関係史に大きな足跡を残すことができる。でも議会工作がうまくいかなければ、安倍総理が被《こうむ》る政治的打撃は計り知れないほど大きなものになるだろう。それにもし演説が実現しても、大変機《き》微《び》な先の大戦への言及によって、好機が危機に変わってしまうかもしれない。

このようにさまざまな危険性がありながら、それでも日本の将来を考え、この時期にご自身の手で演説をしなければならないという総理のご判断、強いご決意に僕の身は震えた。

外国の元首級を演説者として招くかどうかの権限は、副大統領が兼務する上院議長ではなく、下院議長が握っている。オバマ・ホワイトハウスはリベラル派が支配していたので、共和党保守派のベイナー下院議長に対して政権から働きかけてもらう意義を僕はほとんど感じなかった。

それで、下院議長のベイナー氏と家族ぐるみの付き合いをしていたデヴィン・ニューネス下院諜報《ちょうほう》特別委員長に相談し、ベイナー氏に繋いでもらったのである。

そこまでに至る舞台裏はまたの機会に述べたいと思うが――こうして演説が実現した。

日本国の首相として、史上初めての上下両院合同会議での演説であった。僕は議場の議員席に座らせていただき、その演説を間近から拝聴する栄誉に浴したのであるが、その時の安倍総理の存在感はまさに感動そのものであった。

安倍総理がゆっくりと議場に入ってくる。全員が総立ちで迎える。万雷《ばんらい》の拍手だ。総理と握手をしようと、四方八方から議員たちが手を差し伸べる。そして演台に着いた総理は、英語で「希望の同盟」を語り始めた。途中で何度も拍手によって演説が中断した。僕の記憶では、スタンディング・オベーションは二十数回にも及んだ。

演説を終え、大拍手喝采《かっさい》に対し手を挙げて応える安倍総理の晴れがましいお顔。当時を思い出して、涙で原稿が滲《にじ》んでしまう。

かつての敗戦国の首相の演説に、戦勝国の国民の代表たちが熱狂している姿を見た時、僕はようやく「戦後が終わった」ことを実感した。安倍首脳外交が見事に開花した瞬間であった。

思えば、安倍総理ご自身が外交の思想・哲学をお持ちで、首脳外交を牽引《けんいん》されたことは、我々日本国民全てにとって幸福なことであった。

トランプ当選を予見

安倍総理はまた、その優れた慧眼《けいがん》から、ドナルド・トランプ大統領誕生を予期しておられた。米国の主要メディアも日本の報道各社も、全てヒラリー・クリントンの優位を報じていた時であっても、総理は一貫して「両方の情報をよく集めるように」というご指示を下し、僕を頻繁にワシントンＤＣへと派遣された。

僕はそのおかげで、共和党の上院・下院議員にも会い続けたし、ヘリテージやハドソンといった保守系シンクタンクにも足繁く通い、トランプ政権になった場合の外交・安全保障政策の中身やトランプ氏の性格・人柄といった個人的な情報まで訊いて回ったものである。

ちょうどアメリカ大統領選挙の投票日、僕は総理との面会の予定を入れていた。

僕が昼過ぎに執務室に入った頃、総理はお一人でテレビの開票特番をご覧になっていた。二人でじっと画面を見入っていると、「ほら、あの州もトランプ。この州もトランプ」と仰って、僕に「もうトランプ当選で間違いないから、そのつもりでアポイント取って」とご指示された。僕が執務室を辞して暫《しば》く経ってから、ＡＢＣテレビがトランプ当確を打った。

総理のご指示に基づき、当初の予定どおり僕は翌日ワシントンＤＣへと向かったのだが、一部のメディアが「安倍総理は予想外のトランプ当選に慌てて、急遽《きゅうきょ》、河井克行補佐官をワシントンへ派遣した」と報じたのは全くの見当違いである。

しかしそんなことも、安倍総理はお気にかけられなかったであろう。どんなに誤解されても、それを甘んじて受けられる方であったから。安倍総理ほど大きな政治家を、僕は他に知らない。まことに大きな、大きな政治家であった。

僕の手元に、今年の三月に総理がくださったメッセージが残っている。

「現在は苦しい状況でしょうが、元気に頑張ってください。安倍晋三」

政治の苦しさも喜びも全てご承知だった安倍総理。逮捕される前々日にお話しした時、総理は「朝の来ない夜はないんだよ」と静かに仰った。苦しみを嘗《な》め尽くした総理だからこそのお言葉であった。

政治家は感動を与えなければならないと言われる。安倍総理は、その人生全てをもって、人間の素晴らしさ、努力の尊さ、公のために生きることの苦難と喜び、苦しみ耐え続けることの偉大さ、諦《あきら》めないことの大切さを示され、最後まで国民に深い感動を与えられた。

国民のために生きられたその人生は、まことに凄《すさ》まじいものであった。僕たちは心から感謝を申し上げたい。

二〇二二年七―八月

二十一世紀のビスマルク

安倍総理が逝去されてひと月が経った。その間も僕は変わらず図書計算工場で働いている。読んで字のごとく、図書係と報奨金の計算係である。

受刑者には外部から差し入れをすることができる。と言っても、その種類は限られており、書籍は僕らが最も楽しみにしている差し入れ品だ。

僕たち図書計算工場の者は、差し入れられた本に落書きなどがされていないか――つまり何らかのメッセージが書き込まれていないか――などを確かめ、閲覧票を書いて貼り付ける。また、各工場で貸し出しする図書もそれぞれ四百冊ずつある。そうした本の図書カードを作るのも僕らの仕事だ。

映画『ショーシャンクの空に』をご覧になったことがあるだろうか。主人公が配属されていたのもちょうど僕と同じ図書計算係のようなものだったんじゃないかと思う。

実際は、あんなにドラマティックなことは起きようがない。平穏な毎日、工場担当の刑務官は思いやりが深い。さらに図書計算工場は、他の工場と比べて涼しい場所にあるようだ。とにかく暑い栃木県。埼玉、群馬の陰に隠れてこの県の高温ぶりは目立たないけれど、三十七、八度の気温はざらである。

冬は寒く、夏は暑い。刑務所だから仕方ない、と言われてしまえばそのとおりだけど、エアコンのない生活は毎日が過酷で食欲も減退する。

でも、そんななかでも僕が刑務所で心を保ってこられたのは、安倍総理に「ただいま帰りました」と報告に上がるという目標があったからだ。外交補佐として総理総裁のお側に置いていただいた僕は、安倍総理が亡くなられたいま、所内で作業をしていても、ふとした拍子に安倍総理のことを思い出してしまう。

日比関係強化を重要視

安倍総理と初めてサシでお話をさせていただいたのは、自民党が野党の時だった。僕はその頃、野党議員の一人として、民主党政権の閣僚たちの不適格性を国会でしきりに突いていた。

それまで野党が自民党に仕掛けてきたような質問を、僕は国会でじゃんじゃん行っていたのだ。すると、僕のその姿に対して安倍総理が「河井さんは鋭い追及をする。よく頑張っているね」と仰ってくださっていることを親しい記者が教えてくれた。

当時から、安倍総理と言ったら雲の上の存在である。嬉しくなった僕は早速、議員会館の安倍総理のお部屋に伺った。

それまで遠くから仰《あお》ぎ見るだけだった安倍総理が、本当はざっくばらんで親しみやすい方と分かって、僕は驚いた。「またいつでも来て」と帰り際、握手をしながら仰っていただいた言葉をしっかり覚えている。

その年の九月に行われた総裁選では、菅義偉代議士から声を掛けていただき、安倍総理の推薦人となった。劣勢を承知で勝負に出た安倍総理渾身の街頭演説を聞いて、旧来の自民党にはない、官僚の言いなりではない斬新な改革精神に痺《しび》れた。そして安倍総理が勝利した瞬間、僕は「あーこれで日本は蘇《よみがえ》る、この国にはまだ運が残っていたんだ」と直感したものだった。後年、この話を総理にしたところ、安倍総理は黙って笑っておられた。

安倍総理が打ち立てられた代表的な外交ドクトリンは「自由で開かれたインド太平洋戦略」であるが、その地域で総理が関係強化に特に腐心されたのは、フィリピン共和国であった。二〇一六年五月、ロドリゴ・ドゥテルテ氏が当選した直後、安倍総理は僕に次のようなメッセージを託された。

「当選おめでとうございます。日本とフィリピンの関係は二国間だけでなく、インド太平洋地域全体において大変重要です」

総理が〝インド太平洋地域全体〟と強調された意味をそのとき僕は考えた。親米のアキノ前政権が国際仲裁裁判所から中国に不利な南シナ海領有権の判決を引き出したことで、中国が主張する〝第一列島線〟上にあるフィリピンの戦略的重要性は一層高まっていた。

ところが、ドゥテルテ氏は筋金入りの〝嫌米〟なのだ。彼の選挙中の米国批判は際立っていた。おそらく総理はこうお考えだったことだろう。

「もしドゥテルテ氏が中国に急激に接近し、自由民主主義陣営から離脱してしまったら、台湾を失うのに匹敵《ひってき》する地政学的損失になる。しかも、ドゥテルテ氏は『フィリピンのトランプ』と呼ばれるほど予測不可能な政治家だ。米国が頼りにならない以上、自分がドゥテルテ氏としっかりと向き合わなければならない」と。

安倍総理を「兄弟」と

当初、日本の外務省は安倍総理がドゥテルテ氏に親書を発出することに消極的だった。

「未だ正式に大統領に就任していないから」という理由からだった。外交儀礼（プロトコール）を重視する外務省らしい発想だが、総理は一顧《いっこ》だにされなかった。

総理の親書を懐《ふところ》に入れ、僕はドゥテルテ次期大統領の地元であるミンダナオ島ダヴァオ市に着いた。大統領に当選するまで、ドゥテルテ氏はダヴァオ市長を務めていたのだ。

会談の初め、ドゥテルテ氏は緊張しているように見受けられたが、総理の親書を手渡し、総理のお祝いの言葉を伝えると表情が和《やわ》らいだ。そして僕が、「フィリピンはインド太平洋地域全体で重要……」と安倍総理のメッセージを言った瞬間、ドゥテルテ大統領の瞳の中に揺らぎが見えた。僕はこの言葉が相手に突き刺さった手応えを感じた。そしてドゥテルテ氏は饒舌《じょうぜつ》に語り出した。

「私は日本が大好きだし、安倍総理を尊敬している。安倍総理は強い指導者だ。ミスターアベを兄弟のように思っている」

異例だと思ったのは、ドゥテルテ氏が若い頃から親しくしてきた民間人――Sammyと Jun――を二人、僕との会談に同席させたことだ。僕はその意図を測ろうと考えを巡らした。

ドゥテルテ次期大統領との会談が終わり、僕が部屋の外に出ると、入れ違いに別の客が入った。見送りに来てくれた彼の秘書官が小声で、「中国大使だよ。当選してからもう三回目なんだ」と教えてくれた。〝嫌米〟大統領の誕生で、中国が動きを活発化していたのだ。

その晩僕は、会談に同席したSammyとJunを誘って、ダヴァオ市内の日本料理店に繰《く》り出した。彼らからドゥテルテ氏の人生観、人間性、政治感覚、家族関係などパーソナル・プロファイルを教えてもらおうと目論《もくろ》んだからである。深夜まで実に愉快で心躍るひとときを満喫することができた。

帰国した僕は、何から何まで総理にご報告した。出張報告をするときには、総理はいつもレポートの一行一行を食い入るようにご覧になる。そして僕は来《きた》るべきドゥテルテ新大統領の初訪日に向けて、新たな総理のご指示をいただいたのだった。

ドゥテルテ大統領の訪日に際して行われる首脳会談の主要議題に、外務省は「社会基盤整備への支援」を据《す》えたがっていた。でも僕はあの晩にドゥテルテ氏の側近たちが語った、選挙公約に対する大統領の強いこだわりがどうも気になったので、そのことを総理に進言した。結果は、安倍総理の指導力により、議題の筆頭に薬物問題対策への協力が掲げられることになった。新大統領の公約の一丁目一番地だった政策である。

そして、いよいよ同年十月、ドゥテルテ大統領来日の日がやってきた。首脳のほか双方三名ずつしか出席しない少人数会合で、総理はお役人の作ったペーパーなど手元に置かず、ご自分の言葉で語り始めた。

「大統領、私の祖父岸信介は第二次世界大戦で米国と戦い、戦後はA級戦犯として巣鴨プリズンに収容されました。それでも日本の将来を考え、日米同盟を強固にするため、安保条約の改定を成し遂げました。いまや日米同盟は、インド太平洋地域全体の平和と安定に大きく貢献しています。私は日米同盟をより深化させるべきだと思っています。大統領には、日米同盟の重要性をよくご理解いただきたいと思います」

総理のこのスピーチに僕は強い決意を感じた。総理は一言もフィリピンに対して「米国と仲良くすべき」などとは発せられなかった。しかし総理の真意を理解したのだろう、ドゥテルテ大統領はこのように答えたのだ。

「私は日本との関係をもっと太くしたいと願っています。それと同じくらい、日米同盟の重要性を理解しています」

それを受けてすかさず総理が「大統領が必要と思われるときにはいつでも言ってください。私は喜んでフィリピンとアメリカとの架け橋になります」と笑顔で仰った。大統領は安心したような笑みを浮かべて、「それは心強い。私は安倍総理を心から尊敬しています」と応じたのであった。

二〇一七年一月、訪比された安倍総理が首都マニラだけでなく、大統領の地元ダヴァオも訪問された時のことに触れておきたい。それは本当に凄まじく、熱狂的な歓迎だった。昭恵令夫人も同乗された総理の車列に向けて、多分十数キロ以上は連なっていただろう、沿道に延々と鈴なりになった大勢の人々がキャーキャー叫びながら手を振り、踊り、駆け回っていた。市街地に入ってからは、建物の窓という窓から黄色い声援が降ってきた。

総理秘書官の一人が、「いろんな国へ行きましたが、ここの歓迎ぶりはこれまでで最高です」と興奮しながら僕に叫んだ。

総理ご夫妻は大統領の私邸に向かわれ、歓迎を受けられた。この時の秘話はいずれ明かす時が来ると思うが、ドゥテルテ大統領が安倍総理をいかに個人的に大好きだったかを示す逸話である。総理のダヴァオ訪問は大成功であった。

余談だが、僕は総理ご一行を政府専用機の側までお見送りした後、しばらくダヴァオ市内に残ったのである。というのも、このたびのフィリピン訪問の成功を陰で支えてくれたドゥテルテ大統領腹心の友であるSammyとJunたちに感謝を述べたかったからだ。

米比関係の架け橋

僕はSammyに連れられて、彼の経営するダヴァオ市内の電器店に行った。彼の案内で店内を見て回っていると、何やら店の外ががやがやと騒がしい。その騒がしさはだんだんひどくなる。しまいには、数え切れないほどの人たちが店の周りを取り囲むようにして騒いでいる。

一体、何が起こっているのだろうか不思議に思って尋ねると、なんと群衆は、僕のことを安倍総理だと勘違いして店に押しかけ大騒ぎしているのだった。さすがに総理のふりはできないから、僕はちょっと肩身が広くて狭いような不思議な気分になったものだった。それほどダヴァオの人たちは安倍総理に強い好意と関心を持っていたということである。

これは僕の自慢の思い出だ。あの安倍総理と間違えられるなんて。

Sammyの名前は安倍総理のお耳に達し、その後僕が訪比した報告に上がるたびに、「ところで、Sammyは元気だった？」とニヤリとしながらお尋ねになったものだ。首脳だけでなく、その周りの人たちにもお気遣いをされる安倍総理であった。因《ちな》みにSammyは収監のニュースを聞いて——フィリピンでも僕たち夫婦の件は大きく報じられたらしい。トホホ――、獄中の僕にすぐ慰《なぐさ》めと励ましの手紙をわざわざ送ってきてくれた。多分安倍総理は天国でニヤリとされていることだろう。

ドゥテルテ大統領は、それ以降も誠意をもって安倍総理の配慮に応えてくれた。その一つの例が、海上自衛隊最大の護衛艦「いずも」への乗艦である。中国が「事実上の空母」と非難する「いずも」は、自衛隊と米軍の合同作戦の要《かなめ》である。もし、その船に〝嫌米〟で鳴らすドゥテルテ大統領が訪れれば絵になる。

「いずも」が南シナ海を航行する情報を防衛省幹部から聞いた僕は、早速総理にご相談した。総理のご回答は明快だった。

「いいねえ。河井さん、フィリピンまで行って、ドゥテルテ大統領を『いずも』に案内してあげてよ」

僕は大喜びで準備に奔走した。僕にとっても大変勉強になる経験であった。二〇一七年六月、「いずも」に乗艦した初の外国元首となったドゥテルテ大統領と広い甲板《かんぱん》を並んで歩きながら、僕は「中国の反応が楽しみだなあ」と思った。

この頃、ワシントンDCは、フィリピンとどのように付き合えば良いか分からなかったようである。フィリピンと米国との距離が遠くなっていたドゥテルテ大統領の時代、明らかに安倍外交が両者を結ぶ役割を果たしていた。実際、僕はワシントンの友人たちから、「安倍首相が米比関係を支えてくださっていることに感謝する」との言葉をもらっていた。

それこそが安倍外交の真髄であった。安倍総理が米国との揺るぎない同盟関係を構築されたからこそ、ドゥテルテ大統領とのこうした親密な関係性も、「米比関係の架け橋」として受け止められたのだ。

日本の戦後外交の終焉

安倍総理以前、日本の外交安全保障政策には「積極的関与」という発想自体がなかった。しかし総理は、中国の台頭とそれによって相対的に米国の国力・防衛力が低減していく情勢を冷静に見極められ、これまでわが国の防衛の責務を米国に依存してきた態勢から、日本が主体的・積極的に国際政治にかかわっていくという新たな国づくりをされたのであった。

米国との同盟の深化のために、左傾化したメディアを全て向こうに回して、平和安全法制を作られた総理の覚悟は凄まじいものであった。

そして、世界は安倍総理率いるわが国の方針転換に素直に反応した。その結果が、僕自身も各国の指導者や政策担当者たちと会い、この目と耳で確かめてきた安倍総理への絶えることなき賛辞なのである。

ワシントンやフィリピンだけではない。僕自身の外交経験でも、たとえばブータンの第四代国王陛下は「安倍首相はアジアだけでなく世界の偉大な指導者だ」と言われたし、当時のシンガポール外相は「安倍総理は二十一世紀のビスマルクだ」と表現された。安倍総理の悲報は僕たちの心に大きな穴を開けてしまったが、世界にとっても取り返しのつかない最大級の損失であった。

偉大な人の人生は、国の、世界の運命に影響する。一九三五年、相沢某の軍刀によって斃《たお》されてしまった永田鉄山《てつざん》がその例である。「永田の前に永田なし」、と言われた秀才の鉄山がこのとき命を落とさなければ、東條英機《とうじょうひでき》ではなく彼が総理になっていたかもしれない。そしたら日本が日中戦争に踏み切ることはなく、日米開戦もなかった、かもしれない。

安倍総理の喪失は鉄山の暗殺以上の大打撃を我々に与えると考える。

安倍総理の打ち立てられた外交について、いまそれを「安倍ドクトリン」と表現する人たちはあまり多くはない。だが僕は、後世の歴史家が、戦後長く信奉された「吉田ドクトリン」を転換した外交哲学として安倍外交を評価するであろうと断言する。

そしてそのとき「安倍ドクトリン」という表現が一般に広く行き渡り、未来に語り継がれていくことだろう。

「安倍ドクトリン」。未来に向けて切り拓《ひら》かれたそれは、ようやく訪れた「日本の戦後外交の終焉《しゅうえん》」を告げたのであった。

二〇二二年八—九月

第二の人生に幸あれ

安倍総理ご逝去から二カ月、国葬儀が近づく。ふとした瞬間に安倍総理の面影《おもかげ》が浮かぶ。たとえばチュニジアで行われたＴＩＣＡＤ（アフリカ開発会議）のニュースに接した時。僕は六年前、ケニアの首都ナイロビで開催された第六回ＴＩＣＡＤでの安倍総理を思い出した。

それまで日本国内で行っていたＴＩＣＡＤを初めてアフリカの大地で開催した記念すべき舞台であった。二〇〇四年にアフリカ担当の外務大臣政務官としてケニアを訪れて以来、僕はその雄大な自然と人々の笑顔あふれる活力にすっかり魅せられてしまった。

二〇一五年に外交担当の総理補佐官に任じられてからは、安倍総理から「アフリカ大陸初開催のＴＩＣＡＤ成功に向けて、ＡＵ（アフリカ連合）や開催国のケニアとしっかり連携してほしい」と指示された。僕は頻繁に出張を繰り返した。ＴＩＣＡＤの折に開かれた日本ケニア首脳会談での協力案件の目玉として浮上したのが、インド洋に臨む東アフリカ最大のモンバサ港における経済特区構想であった。僕はモンバサに赴《おもむ》き、港湾施設などを視察して回った。

そこで得た情報は、モンバサにあるケニア海軍司令部付近一帯を中国が物色している、というものであった。王毅外相がケニアなどアフリカ諸国をTICAD前に回るという動きもあった。

モンバサの案件は、最後は安倍総理が「しっかり進めよう」と決断され、首脳会談開始直前に両国が合意に達した。総理にはモンバサの港から伸びてインド洋を走る〝海の道〟が見えておられたのだろう。

そして迎えたTICAD当日、安倍総理はナイロビの国際会議場で「自由で開かれたインド太平洋戦略」を高らかに謳《うた》い上げられたのである。日本政府が「インド太平洋戦略」を初めて公式に世界に発信した瞬間であった。

「世界に安定・繁栄を与えるのは、自由で開かれた二つの大洋、二つの大陸の統合が生む、偉大な躍動に他なりません。日本は、太平洋とインド洋、アジアとアフリカの交わりを、力や威圧と無縁で、自由と、法の支配、市場経済を重んじる場として育て、豊かにする責任を担《にな》います」（TICADⅥにおける安倍総理大臣基調演説）

演説される安倍総理の力強い姿を、僕はいまでも思い出すことができる。

世界を動かした安倍総理

八月中旬、お盆休みを含め、工場に出ない免業日が十日ほど続いた。この機会に、と僕は「安倍ドクトリン」を学び直すことにした。世界中を縦横無尽に駆け回り、世界に向けて新しい平和と安全保障の枠組みを提示し、各国を自ら説得して回ってそれを実現させた安倍総理だが、国民の間でその功績が正当な評価を得ているとは言えない。

国葬儀実施に対して国民の半数が反対しているのを見ると、多くの人が総理の功績を理解していないことに歯痒《はがゆ》さを感じる。僕は幸福なことに、七年弱にわたって総理の下《もと》で外交・安全保障に携《たずさ》わらせていただいた。その立場から、僕には、安倍総理が追い求めた外交安全保障が「安倍ドクトリン」と呼ぶに相応しい壮大なものであることを示す責任があると考えた。

それで僕は、このお盆休みに友人の国会議員や妻が差し入れてくれたたくさんの書籍、国会図書館作成の資料、外国のシンクタンクの対談や論文を熟読したのだ。

安倍総理の偉大さは、歴代の日本国首相が誰一人として成し遂げられなかった偉業を達成されたところにある。その偉業とは、確固とした国家観、歴史観、世界観に基づいた、揺るがない外交哲学の集大成としての国際秩序構想「インド太平洋戦略」を提唱し、世界の多くの国々に外交政策の主要概念として採用させたことだ。

〝メイド・イン・ジャパン〟の広域秩序戦略を米国やアジア諸国、欧州諸国が自国の政策の柱に据えたことなど、史上一度もなかった。安倍総理が不世出の大宰相と称えられるべき所以《ゆえん》はこの点にある。安倍総理は日本を変え、世界を動かしたのだ。

わが国は戦後長らく、国の針路を「吉田ドクトリン」――経済成長重視、低姿勢外交、米国の安全保障供与の傘の下での窮屈な防衛政策、近隣諸国との経済・外交関係の再建など――に依拠《いきょ》してきた。戦後七十年以上が経った今日、「吉田ドクトリン」では、もはやこの国の平和と繁栄を固守できないことは明らかになっていた。

中国の経済・軍事・外交面での急激な擡頭《たいとう》、北朝鮮による核・ミサイル開発、国際社会における米国の力の相対化という、日本周辺の安全保障環境の激変。わが国が世界第二位の経済大国となり、吉田茂首相が夢に描いた経済成長を十分に達成したにもかかわらず、この国が全く新しいドクトリンの誕生を見るには、二〇〇六年九月の第一次安倍政権誕生まで、およそ五十年の歳月を要したのだった。

国葬儀は国是転換の宣明の場

「安倍ドクトリン」は理念性、主導性、国際性、先進性、躍動性において、「吉田ドクトリン」とは全く同列に論ずることができない。「吉田ドクトリン」がアジア各国を慰撫《いぶ》し米国に追従する受け身の政策であったのに対し、「安倍ドクトリン」は極めて能動的だ。

安倍総理は日本の指導者として初めて中国の脅威をはっきりと内外に示し、緻密《ちみつ》な政治的構想力と大胆な実行力をもって、各国の力を結集して中国の脅威を包囲する具体的な方策を主導的に作り上げた。

国葬儀は安倍総理に感謝の誠を捧げ追悼するものであるとともに、「吉田ドクトリン」から「安倍ドクトリン」へと国是を転換した宣明を世界に対して正式に行う場としなければならない。世界中から数多《あまた》の元首級賓客が集う、これ以上の機会はない。

「吉田ドクトリン」を自民党で最も色濃く受け継いできた派閥は宏池会《こうちかい》だ。その領袖《りようしゆう》である岸田首相がドクトリン転換を国の内外に宣明する役割を担うのは、象徴的ではないだろうか。

米国では、退任した大統領の事績を顕彰し、広く国民に周知させるために、歴代大統領のライブラリーを国費で建設している。そこには大統領にまつわる公私の資料が散逸しないように集められ、丁寧に保管され、分かりやすく展示されている。

僕はかねてより、日本の首相にもそうした施設を作るべきだと考えていたが、今回の安倍総理ご逝去で、いっそうその考えを強くした。

ただ、国費を投入すると、またぞろ「アベガー」さんたちが記念館の運営や展示にまでイチャモンをつけるだろうから、国民各界各層からの募金で公益法人を設立するのが良策だと考える。日本だけでなく、世界各国から寄贈・収集される資料のなかには、月刊『Hanada』の関連記事も含まれる。安倍ライブラリーを訪れる人たちは、未来の子供たちを含め、そこで総理の政治思想や哲学・政策・人となりを知り、学ぶことができる。

さらに、安倍ライブラリーはサイバー空間にも開かれるべきだ。世界中からアクセスして自由に資料を閲覧できるよう、主要言語への翻訳と外国語での解説を行うべきだ。当然、サイバー攻撃の対象となるので、最高度の保障措置で不断に防護することが求められる。

安倍ライブラリーは単に「過去を確かめる」ものではなく、「未来を予測する」ためのもの――最先端の人工知能技術や仮想空間技術を駆使して、電脳空間に安倍総理を甦らせる。情報を入力すると、所蔵する膨大なデータを解析して「ＡＩ安倍晋三」が所感や所見を述べる——になれば、と期待する。

二時間おきに水道水で洗髪

こうして僕が喜連川《きつれがわ》で猛勉強していた頃、妻は久しぶりに広島に戻っていたという。事案の捜査や公判との関係で、結婚以来二十年間、家族同然のお付き合いを積み重ねてきた後援会の皆様との接触を控えざるを得なかった妻にとって、三年ぶりの帰還はさぞ待ち遠しく感慨深いものだったであろう。

その様子を後から聞いた僕が、いかにも妻らしいなあと感心したのは、わずか十日間で広島県内三百カ所を訪問したということだ。その際、僕の元気な様子を後援会の方々に伝えるために、この月刊『Hanada』の連載を配って回ったという。広島の方々が優しく接してくださったことに、妻は泣けて仕方なかったそうだ。

妻の選挙において間違いを犯したのは僕だ。妻は全く無関係で無実の罪だったのに、「自分が候補者であった選挙の間違いは自分自身の間違いに等しい」と言って、妻はずっと強い罪悪感に苛《さいな》まれていた。だから広島の方々の反応が最初は怖かっただろうし、実際にお会いした時の優しさに心から感謝をしたのだろう。

本当に広島の皆様、申し訳ありませんでした。そして、妻に対して優しい言葉をかけていただいて、ありがとうございました。

さて、今年の夏は本当に暑かった。いや、去年も暑かったのだろうけど、喜連川の暑さは格別だ。ここのお風呂は銭湯のような大浴場で、入浴は基本的に週二回なのだが、夏の間は月水金の週三回に増やされる。時間は一回あたり十五分だが、増えた一回分は十二分間だ。さらに、八月に入ると、火曜日と木曜日にも三分間のシャワー入浴が加わる。

工場では、六月下旬から二時間おきに水道水での洗髪(シャンプーなどは使えない)を行うことができ、気分がシャキッとする。独房では、拭身《しきしん》——濡れタオルで髪や体を拭《ふ》くこと——を午後六時と午後九時の減灯前に行うことが許される。冷房がない居室でじっとりと汗をかくので、これが随分と心地よい。

受刑者間でコロナ感染拡大

また、飲み物にも変化があった。工場では一日二回、水分補給としてお茶を飲むことができるのだが、初夏にそれが冷茶に替わり、真夏にはうすーいスポーツドリンク味のものに替わった。

水曜日の昼食には、棒状のプラスチック容器に入った氷菓を真ん中でぽきんと折って、チュウチュウ吸って食べる。全館放送される暑さ指数が最高度の「5」になると、首回りに水で濡らした青い布を巻きつける。

みんなボーイスカウトになったみたいで可愛いのだが、十数分ですぐに乾いてしまうので、しょっちゅう水に浸《ひた》しに行く。

運動にも変化がある。真夏は外のグラウンドでの運動は禁止。工場内で運動しましょうとなるのだが、うちの工場はみんなその三十分間をおしゃべりに使っている。服装も、下着の半袖シャツかランニングだけで良く、ポロシャツは着なくても良い。一日中、朝夕の点検を除けば、下着だけで過ごせるのだ。

ズボンは居室ではベージュ色の半ズボン、工場では濃い緑色の半ズボン。六月十一日から、独房の天井から送風が降りてくるようになったが、ほとんど効果はない。だが夏場は、食事が配られる縦横十数センチの食器口の下の換気口を開放して網戸にできる。そこに自然の涼風が吹き抜ける時は至福の境地だ。

七月、工場の環境が激変した。なんとエアコンが設置されたのだ。閉鎖された近くの刑務所から移設したらしい。僕たちはおかげで大変過ごしやすくなったけれど、まだ空調が入っていない工場もある。特に建物の二階は日差しでサウナ状態だ。必要な工場にも早く導入してあげてほしいなあ。これが最大の熱中症対策だと思う。

この社会復帰促進センターでもついに新型コロナが広がり始めた。年初から数回、職員に感染者が出るたびに関連工場は停止してきたが、このたびは初めて受刑者の間で感染が拡大したことで、一カ月近く全工場が閉鎖された。

外の弁当で体重が三キロ減った

刑務所の建物は一区から四区まで分かれ、区ごとに工場と居室棟が配置されている。一区には食事を作る炊場《すいじょう》、全ての衣類やシーツなどを洗濯・乾燥する洗濯工場、差し入れや自弁購入の書籍・雑誌を受け入れたり、備え付けの官本を貸し出したり、作業時間・等級などに基づき受刑者全員の毎月の報奨金を計算管理したり――七等工の僕は、七月分が一千五百八十一円だった！――するわが図書計算工場など、センター全体の運営にかかわる工場が集中している。

今回はその一区がコロナに直撃されたのだ。僕たち図書計算の十一名は、他の工場のコロナ経過観察者に独房を明け渡して別の区の居室棟に移っていたので運よく難を逃れた。食事は外注のコンビニ弁当になり、量が大分少なくなったため、体重がさらに三キロ減った。

洗濯物の回収は途切れ途切れとなり、週に一度、洗って丁寧にアイロンがけしてもらっていた布団シーツや枕カバーなどはこの一カ月間、同じものを使い続けている。

ロックダウン中に毎日出役できた工場はわが図書計算工場だけだった。他の工場の人たちが房から出られるのは入浴時に限られる。ずっと部屋に居続ける受刑者の気分転換に少しでも役立てればと、僕らは入ってきた本の交付手続きを毎日せっせと行ったのだが、手続きを終えた本の搬出ができず、届けられなかったことが残念だ。一区の感染が早く収まり、他の区に蔓延《まんえん》しないのを祈るばかりだ。

秋晴れの九月一日、久しぶりに外の運動場に出た。五年半も刑を務め、この日、仮釈放に向けた保護観察官面接を受けたばかりの大先輩の顔が、青空の下、輝いていた。

僕が入ってから、すでに六名が社会に戻った。そのたびに、「第二の人生に幸《さち》あれ」と祈ってきた。僕も刑の開始からそろそろ一年だ。

暑かった喜連川にも秋が来た。ミンミンゼミもまだ頑張っているが、夕暮れ時、虫の音が大きくなった。

第三章

刑務所の世界

二〇二二年九—十月

受刑者たちの声なき声

九月二十七日、国葬儀の日。僕はいつもどおり、図書計算工場で刑務作業を行った。

「河井さんは国葬行かなくていいの？」

僕を励ますためか、大先輩が声をかけてくれる。

本当は、たとえ車椅子に乗せられ、両手には手錠を嵌《は》められてでも――これは僕が外の病院に行くときの格好だ――、是非とも武道館に行ってお別れをしたかった。でも僕には案内状は来なかった。

午後二時、国葬儀開式の時刻、書架の間で本の整理を始めた。本の陰に隠れて誰にも分からないようにしたうえで、そおーっと黙禱《もくとう》を捧げた。

夜にはラジオから弔辞を読む菅義偉前総理の声が流れた。儀礼的ではなく、万感極まる声の震えに僕は涙が出た。

さて、先の通常国会で、受刑者の処遇を充実させ、更生を後押しするための法務省提出の刑法等改正案が成立した。懲役刑、禁固刑を廃止し、拘禁刑《こうきん》が創設される。役所の文書には、「受刑者全員に一律に刑務作業を行わせていた懲役ではなく、作業と教育の組み合わせによって、一人一人の受刑者の特性に応じた柔軟な処遇を推進する」とある。刑罰の種類が変更されるのは明治以来、百十五年ぶりのことだ。

刑事政策が「懲《こ》らしめ」から「立ち直り」へとコペルニクス的転換を遂げようとするまさにその時、僕が塀の中にいるなんてね。

自慢することじゃないけど、僕ほど刑務所の現場に〝詳しい〟法務大臣・副大臣経験者はいないだろう。役所と受刑者、両方の問題意識や心情が、僕にはよく分かる。

それに、僕が喜連川《きつれがわ》社会復帰促進センターにいるのも、何かの巡り合わせだと思う。初犯で重罪ではなく、暴力団とも無縁の受刑者が集められているこのセンターは、それだけ新しい施策の効果が上がりやすい。教育・指導面で、全国の施設の模範になりうると法務省は考えているに違いない。

言わば先進的な刑務所と目《もく》される喜連川においてですら感じられるさまざまな課題とその改善策は、きっと他の刑事施設の参考になると考える。法務省と受刑者の両者を繋いで、再犯のない社会を作るお手伝いができれば幸いに思う。

深刻な再入率

僕の受刑者生活は、十月で丸一年になる。服役前の拘置所での三百八十四日を加えると、塀の中での生活は二年を超えた。実際に受刑者になって初めて分かったことも多い。

実は僕は国会議員時代、更生保護の推進に人一倍熱心に取り組んでいた。二〇〇七年、第一次安倍改造内閣で法務副大臣に任じられた僕は、敬愛する鳩山邦夫法相の指示の下《もと》、当時、深刻な問題であった刑事施設の過剰収容の実態を調べるため、全国の施設を視察して回った。多分、歴代の副大臣で最多の視察件数だったのではないか。

僕は、過剰収容の根本的な解決は、再犯して何度も服役する人たちを減らすことだと考え、鳩山大臣にお願いして、再犯対策充実の特命を下していただいた。

職に就《つ》かない出所者の再犯率が高いことに鑑《かんが》み、僕は特に就労支援の推進に心を砕いた。首相官邸で開かれた副大臣会議の議題に就労支援を上げ、政府全体での取り組みを要請したり、全国に先駆け、地元・広島で経済団体や地方自治体を入れた就労支援促進の協議会を立ち上げたりした。

副大臣退任後には、自民党の初当選同期議員らと「更生保護を考える議員の会」を結成し、幹事長に就いた。受刑者の仮出所後のお世話をする保護司の皆さんの処遇改善や、保護司が集うサポートセンターの全国展開を急ぐよう、関係する役所に働きかけることもした。

平成二十年に出所した受刑者のうち、五年以内に再び塀の中に入った者の率は三九・八％だったのに、平成二十五年が三八・二％、平成二十九年は三七・二％とほとんど減っていない。十年以内の再入率を見ると、平成二十年出所者では四六・一％に達したほど深刻である。

この現状に危機感を抱いた法務省が、「懲らしめるだけでは受刑者を立ち直らせることはできない。もっと教育に力を入れなければ」と、方針転換を決意したことを僕は評価したい。でも大事なのはお題目ではなく、実効性ある施策の立案と実行である。そのためには、受刑者一人ひとりの来歴や環境に応じたきめ細かい教育指導を行う現場の意識改革、職員数の大幅増、新しい職制の導入が必要になる。

刑務所での勤務経験があるという浜井浩一龍谷《りゅうこく》大学教授（犯罪学）は、現在の刑務所のあり方について興味深い問題提起を行っている（『朝日新聞グローブ』二〇二二年九月四日付「変わる刑務所」特集）。

このなかで浜井教授は、「『犯罪者は懲らしめなければ反省しない』と思いがちですが、懲らしめただけで反省する人はいない。人道的処遇では犯罪者をつけ上がらせるという指摘がありますが、私の経験では受刑者が反省したり、更生に向かうポジティブな気持ちを抱いたりするのは、自分が人間らしく、尊厳をもって扱われた時です」と言う。さらに、日本の刑務所では社会で必要な「自発性」を養っていない、と語る。

僕は浜井先生の論文を読んで、キーワードは「真剣な反省への導き」「立ち直りへの環境整備」「自発性の涵養《かんよう》」だと考えた。

受刑者は本当に反省しているのか？　人の内面を摑むことは実に難しい。おそらく刑務所は、「不自由な環境に置くことで受刑者を反省させることができる」という前提で営まれているんだろうと思う。

その証拠に、入所直後のあっさり簡単なものを除くと、反省度合いの進捗《しんちょく》や贖罪《しょくざい》意識の深化などについて受刑者が職員から面談されることは、仮釈放まで一度もないという。専門性のある人員を確保できないからだろうか。受刑者の内心の把握は、各工場に配置されている刑務官に任せれば良いと思われるかもしれないが、彼らは受刑者の監視や刑務作業の指導で完全に手一杯である。受刑者の心情把握をすることにまで手が回らないのだろう。

たとえば僕の工場を例に挙げると、僕たち受刑者は、工場で黙ってまっすぐ前だけを見て椅子に座る以外は、何もしてはいけない。全ての動作には、担当刑務官の許しがいるのだ。

それを怠ると、即座に厳しい調査に数週間連行され、懲罰と決まると、数週間ただひたすら正座させられるだけの独房に入れられる。すると、受刑者としての「類」が下げられて、面会や発信の回数が減ったり、仮釈放が遠のいたりするのだ。

トイレに行くだけで何回も許可が

いま、僕が工場で作業に必要な会話を交《か》わすには、その都度、右手を耳にくっつけてまっすぐに上げ、刑務官から「河井、用件は?」と声をかけてもらえるまで待つのだ。声をかけてもらえたら、「○○さんと作業交談《こうだん》願います!」と大きな声でハッキリと言う。

刑務官が「交談よし」と応えると、今度は僕の相手も同じく「交談願います」と叫ぶ。刑務官から「よし」と言われなければ、僕らの会話は始められないのだ。手短に会話を済ませたら、僕らは二人で挙手しながら「交談終了しました!」と叫ぶ。刑務官が「よし」と認める。

作業中ずっとこの繰り返しだ。物を取るのに立ち上がりたい時も、ゴミ箱に消しゴムのかすを捨てたい時も、同じ手順を踏む。

トイレに行きたくなった時は大変だ。まず、手をまっすぐ上げて「担当前、願います!」と言い、移動の許可を得てから刑務官の前に行き、脱帽、礼をして自分の番号(称呼番号という)と苗字を言ってから、「用便に行っていいですか?」と訊く。

マスクを外し、口の中に何か入れていないか、ポケットに何か隠し持っていないか全身を触って検査される。そして、「移動願います!」と発し、「よし」と言われてから歩き出す。

トイレにはちり紙が置いていないので、工場の隅にある自分のロッカーの前に行って「ロッカー使用願います!」と言って許可を得てから、ロッカーの中のちり紙を取り出して、「ロッカー閉めます!」と叫ぶ。二メートルしか離れていないトイレの前に行くのに、また「移動願います!」と叫ぶ。

トイレの前に着くと、「電気つけます!」と叫んで電気をつける。用が済んだら出て「電気消します!」と言い、「移動願います!」でロッカー前に行き、再び「ロッカー使用願います」と許可を取ってちり紙の残りを収め、「ロッカー閉めます!」と叫んだあと、「移動願います！」と大声で許可を願い、たった数歩先の手洗い場に向かう。手を洗うのにも「水道使用願います！」とでかい声で叫ぶ。洗い終えると、「水道使用終わります！」と叫び、「担当前、願います！」と言って刑務官の前まで行き、「用便終わりました！」と言うと、入る前と同じ身体検査がある。それが終わったら、「移動願います！」と発して、「よし」と言われたら自席に戻る。ふう〜。

さてここで問題です。トイレに行って帰るまで、いったい何回挙手して大声で許可を願わなければならなかったでしょうか？……正解は、十七回！

トイレに行くだけでもこれだけの手順が必要なのだ。爪を切るとき、本を借りるとき、掲示板の連絡事項を見たいとき……全ての場合に「○○願います！」と叫ぶ決まりになっている。それに対して、いちいち「よし」「よし」と応え続けなければならない刑務官も大変だと思う。

内省を促す取り組みが必要

僕らの生活の一部始終は刑務官のお世話になっている。刑務官は受刑者からの生活上のさまざまな願いごと――やれ宅急便の送り状をくださいだの、やれ髭剃《ひげそ》りの電池を交換してくださいだの――をいちいち訊かなくてはならないし、他にも本や雑誌や日用品の購入・交付だの、差し入れ品の配布だの、医療受診の希望を聞くだの、運動場や共同浴場に付き添うだの、面会所や医務室まで連行するだの、あらゆることに刑務官の手が必要とされている。

こんなにてんてこ舞いの刑務官が一人ひとりの受刑者とじっくり対話して、それぞれの内面に向き合うなんて絶対に不可能だ。現在の態勢のままで、「教育・指導」を「作業」と並ぶ処遇の柱に据《す》えることは、現実離れした机上の空論でしかないし、あまりにも現場の職員たちに対して酷である。

喜連川には月に四回の「矯正指導日《きようせい》」がある。これは他の刑務所の倍の日数だ。矯正指導とは、終日居室にいて（つまりこの日は工場に出ないで）、録画された番組――「カンブリア宮殿」とか「ガイアの夜明け」とか「ハートネットＴＶ」など――を観て感想文を書いたり、自分の過去を振り返って作文を書いたり、最近読んだ本の読書感想文を書いたり、自主学習したりする。

また、「こころのトレーニング」という、怒りや不安、問題への対処についてのワークブックがあるのだが、一年目の受刑者はこの本に従って自分を省《かえり》みるように指導される。

ところが、これらの矯正指導のプログラムには特段、職員の指導は付かない。受刑者の自主性に委《ゆだ》ねられているだけだ。

人間誰しも、反省に踏み出すには苦痛を伴う。できれば反省したくない。だからこそ、刑法等改正による改革では、受刑者に反省を任せきりにするのではなく、心の内面をぐっと掘り下げ、内観や内省を強力に促《うなが》す取り組みが必要になると僕は考える。現状では、矯正指導日をただ漫然と過ごし、単に「作業に出なくていい休みの日」くらいにしか思っていない受刑者もいるのでは、と案じている。人生をやり直す、またとない貴重な機会なのにね。

再犯して刑務所に戻ってきた受刑者が、「刑務所に過去の自分と真剣に向き合うプログラムがあったらよかった」と発した言葉が僕の耳から離れない。

そんな矯正指導日に放映された映画『0《ゼロ》からの風』は、僕の心を揺さぶった。実話に基づく映画で、十九歳の早大新入生が、無免許・無灯火の飲酒運転者によって、理不尽にも死亡した事故を描いたものだ。

田中好子演じる犠牲者の母親が、土砂降りの事故現場に突っ伏して号泣する場面や、刑期を終え出所した加害者と対峙《たいじ》するところで涙が溢《あふ》れた。その母親らが始めた「生命のメッセージ展」が喜連川社会復帰促進センターで開催された。罪を犯すことの悲惨さ、罪を償うことの意味を考えさせられた。

工場の仲間たちも「心に応《こた》えた」と呟《つぶや》いていた。こういう取り組みを今後もぜひ期待したい。

教育・指導の充実を

ひとりの受刑者として入所して一年。新入訓練から始めて「一人前」の囚人に仕上げていく仕組みは大したものだと思う。日本の刑事行政は、これまで大きな成功を収めた――厳しい管理と社会との隔絶《かくぜつ》という意味で――と僕は考える。

でもそれは、成功しすぎたのかもしれない、とも思う。使命感に燃える法務官僚と、生《き》真面目《まじめ》そのものの現場職員が行ってきた施策に対する受刑者たちの「声なき声」が、深刻な再入率に表れているのかもしれない。

今回の法改正に僕は大きな期待をかけている。施行の時には出所しているので、僕自身の処遇には影響がない。でも僕はどうしても受刑者たちの苦しみを分かち合いたいと願う。それが、法相と受刑者という二つの経験を持つ者としての責務だと考えるからだ。

最後に、いくつかの提言をしたい。
①教育を専門に担当する「教務官」制度を作り、全国の刑事施設の全ての工場に受刑者の人数に応じて配置すること。「教務官」には、心理学を修めたり、臨床心理士などの資格を持っていたりするなどの有資格者を登用する。
②受刑者に真剣な内省を促すため、「教務官」との面談、専門家を交えた受刑者同士のワークショップを行う。
③既存の刑務官らにも「教育・指導」の重要性を徹底的に教育し、意識改革を行う。
大幅な人員増などによって予算が膨れ上がるのは避けられない。だが、それは受刑者のためというより、社会全体の利益に繋がることだと僕は信じる。再犯が減ることは、新たな被害者の発生を予防することに繋がる。そしてまた、再び加害者にならずに済んだ元受刑者が、社会に貢献できることでもあるからだ。

負担が重くなる刑務官らの処遇改善も急務だ。小菅《こすげ》の拘置所で親しくなった若い刑務官に「夜勤が続くねえ、お疲れ様です」と声をかけたら、「夜勤明けのまま日勤なんすよ。夜勤手当も全額は出ないし。もう勘弁してほしいんすけど、人が足りないし」と笑っていた。法務大臣として現場の処遇改善を行うことを意気込んでいた僕だったけど、こんなことになってしまって、力になれないのが悔しい……。

職員たちは受刑者の心と生活を支えてくれている。受刑者の立ち直り支援を抜本的に拡充するとともに、刑務官ら職員が誇りを抱いて働ける処遇改善を強く望む。

二〇二二年十一十一月

いまの刑務所に必要なもの

十月、早くも喜連川に寒気の走りが到来した。最低気温は二℃に。それでも暖房は十二月一日からしか入らないし、自弁購入の使い捨てカイロもそれまでは使えない。去年の冬、コンクリートで固められた独房の壁から冷気がビンビンに伝わってきたこと、足先がしもやけになったことなどを思い出し、ブルッと震えた。

どうか十一月は暖かい日が続きますように。そう祈りながら、「エネルギー価格高騰のための刑事施設の光熱費増額を、法務省は二次補正でちゃんと要求したのかなあ」と、ぶつくさ呟く秋の夕暮れである。

でも寒さと言えば、先の中国共産党大会で発表された指導部人事を見た時の身の毛がよだつ思いに勝るものはない。一党独裁どころか、僕の目には「秦《しん》」や「隋《ずい》」や「唐《とう》」のように、「習」という国号の国家が誕生したように思えた。だって、直前の最高指導者ですら、満座の前で腕を摑まれ、つまみ出される体制ですよ。台湾侵略と第二次朝鮮戦争を同時に起こそうとする「習」の動きはもう止められないだろう。

「ああ、こういう時に安倍総理がいてくださったら……」

独房の天井を仰《あお》ぐ僕である。

不動の信念、世界中の首脳たちとの深い信頼、国内政治への巧みな対処。どれをとっても、いまこの国の政治に直《ただ》ちに求められているものばかりだ。安倍総理のご不在が実に痛い。痛すぎる。

最近、岡本隆司著『世界史序説』（ちくま新書）を読んだ。そのなかのモンゴル時代のユーラシアにおけるジャムチ（駅站《えきたん》）網と陸上・海上の交通路の地図を見て、僕は「習」の「一帯一路」図と瓜二つであることに驚いた。「偉大な中華民族の復興」を掲げる「習」は、かつて、ユーラシア大陸を支配した大モンゴル帝国の再現を企図《きと》している、と凍りついた。

かつて、シルクロードの終点はローマだった。奇《く》しくも、G7のなかで「一帯一路」に唯一参加しているのはイタリアだ。

シルクロードの始点だった北京は、そもそもクビライの都城（大都）に始まる。「習」の「一帯一路」構想に、モンゴル帝国復活の野望を嗅《か》ぎ取られた安倍総理は、それに対峙するために「インド太平洋戦略」を練り上げられたかもしれない。それはもう現代の国際秩序構想の域を超え人類史的な意義を持つ、と僕には思える。

役に立たない職業訓練

話は打って変わって、前回に引き続き、改正刑法が定める「刑務所のあり方のコペルニクス的大転換」について考えたい。法務大臣と受刑者の両方を経験した唯一無二の者である僕は、両者それぞれの考えがよく分かる。両者を繋ぐ責務が自分にはあるのだ。

受刑者というと、「犯罪をしでかした恐ろしい冷血人間たち」という印象があるだろう。しかし僕の工場の同衆たちは、多くのものを失い、社会に復帰した後の生活を不安に思っている「孤独な受刑者」たちばかりだ。

刑務所に入ることによって、その人の人生は破壊されるという事実を、僕は実際に服役してみて、よーく分かった。職も、収入も、財産も、誇りも、生き甲斐《がい》も、友達も失い、なかには家族親族からも縁を切られたり距離を置かれたりして、帰るところを失った人もいる。面会に来てくれる人もいない、差し入れも滅多にない。

失ったものの甚大さに打ちひしがれ、「あんなことさえしなければ……」と悔やんでも悔やんでも悔やみ切れない思いにかられる真っ当な受刑者にとり、ここでの教育は新しい人生を形作る大事な基礎になる。

言い換えれば、出所後の人生設計の役に立たない教育には意味がない、と僕は思うのだ。

僕は法務大臣・副大臣のとき、「刑務所では作業することを通じて社会生活に必要な技能を身につけるのです」と法務省の役人から説明を受けてきた。でも塀の中には、本省にいる官僚たちは現場の実情を知らないのではないかと思わざるを得ない現実が広がっていた。

僕のいる図書計算工場で行う仕事は、他の受刑者たちの役に立てるやり甲斐のある作業だ。担当の刑務官も「このセンターで一番良いおやじだ」と大先輩が言うとおり、思いやり深い人だ。

かつて鈴木宗男先生が務められた病棟の衛生係も、高齢受刑者の介護などを毎日行う大事な部署だし、食事を作る炊場《すいじょう》では調理師資格を、洗濯工場ではクリーニング師の資格を取ることができる。でもそれらは四十ほどある工場のほんの一部だ。

なかには、来る日も来る日もネジや蠟燭《ろうそく》を検品する工場や、ボールペンの組み立てばかりしている工場もあるという。民間企業から何らかの作業を請け負《う》ってこなければならない施設の側も大変だろうなあとは思うが、ボールペンを組み立てる技能が、社会に戻った後、一体どのような役に立つのだろうか。

「受刑者の能力開発のため、職業訓練コースもいろいろと用意してるんですよ」と法務官僚の説明に、僕は「それはすごい。いいことですね」と軽く相槌《あいづち》を打ったものだった。

だが、そこにも問題がある。いま喜連川では、調理師、クリーニング師の他に、九つの職業訓練（介護福祉、農業、電気工事、ハウスクリーニング、コンピュータを用いて設計・製図・デザインを行うCAD技術、情報処理技術、在宅ワーカー育成、窯業、木工）が三カ月から一年の期間で実施されている。だが、希望者が集まらず、何回も再募集を繰り返しているコースもいくつかあるのだ。その背景には取得資格の問題があるようだ。

事情通の先輩は言う。

「取れる資格にあんまり魅力がないんだよ。実際、社会に出てすぐに使える資格って、介護福祉士くらいじゃないの。全く資格が取れないコースもあるしね。元いた工場の人間関係に疲れて、職業訓練に抜け出してきた人もいるようだし」

貸出図書は古い本ばかり

さて、刑務所では思っていた以上に自主的に学習する時間を確保することができる。月曜から木曜までは、作業を終えて共同入浴（週三回十五分間）の後は居室へ戻る。一番風呂の日は十五時過ぎだ。

それから十七時前の夕点検までは自主学習の時間だし、夕食が終わる十七時過ぎから二十一時の滅灯までは自由時間だ。金曜日は矯正《きようせい》指導日といって、房で視聴覚教材を二時間ほど見たり、ワークブックなどを記入したりするほかは、ずっと自主学習が義務付けられている。

土日・祝日は、点検や食事を除き、房でまるまる自由な時間となる。問題は、その潤沢《じゆんたく》な時間を受刑者はどう過ごしているのかだ。

僕は妻に勧められて、英単語を覚えたり、外交・安全保障に関する博士論文の作成を目指して勉強に追われたりしているので自由時間が足りないくらいなのだが、仲間たちに尋ねて浮かび上がってくるのは、時間を持て余している実態と、刑務所が施《ほどこ》す「良き教育機会」の絶望的な少なさだ。

差し入れもなく、自費で本を買う余裕にも乏しい受刑者にとって、頼みの綱は各工場に四百冊ずつ備えられた官本（貸出図書）なのだが、本が非常に古い。実に古い。大体、主流は十五～三十年前の出版物だ。一九六〇～七〇年代に出た本も珍しくない。

そんな本たちが、セロテープやボンドであちこち修理されて懸命に頑張っている姿を見ると、ホロリとなる。古い本の小さい活字は中年を過ぎたら読みづらいし、情報も古い。僕が一人で担当する特別貸与本（辞書、六法、語学、資格取得など）は、さらに年季が入っている。

少しでも新しい版の辞典を使ってもらいたい僕は、貸出請求が来ると新しい順に貸し出すようにしているのだが、大半を占めるのはやはり数十年前のものだ。一九七二年刊行の和英辞典があるのにはめっちゃ驚いた。辞書は小説と違い、情報の更新が必要なのに。これで受刑者たちの向学心を誘うことができるのだろうか。

このセンターでは日商簿記試験を無料で受けられるので、その参考書、問題集は特に人気が高い。でも在庫はたった一冊ずつだけ。請求されるたび、「貸し出し中」と断らなければならない僕は、いつも心苦しさに駆られる。

少しでも受刑者の皆さんの役に立つならば、と自分が読み終えた私物の本を寄贈したいと、東京拘置所でもこのセンターでも刑務官に相談したけれど、「それはできない」との返答だった。

ここには、「社会貢献本」といって、受刑者の私本を募って業者に売り、そのお金を福祉施設に寄附する仕組みがある。僕はその処理も担当しているのだが、ほとんど新品の辞書や最新版の簿記の本をはじめ、人気の高い小説や人生を考える良書などが毎月八百冊以上も集まってくるのだ。

社会貢献本の真新しい表紙を横目に、同じ表題の古い官本を修理していると、なんでこの本を官本に編入できないのか、と思えてしまう。社会に貢献する前に、まずは自分たちの仲間に貢献させてくれよと思ってしまうんだけどなあ。

読める冊数が四分の一に

もう一つ、今春から借りられる冊数が減ったことも課題だ。喜連川は開設以来、官民が協働し、効率的に質の高い公共サービスを提供するＰＦＩ方式がウリだったのに、四月から民間企業が手を引いて、純然たる国の管理運営に変わった。

その影響は僕のいる図書計算工場に色濃く及んだ。それまで貸し出しを管理していたのは、全ての官本に貼付《ちょうふ》されたバーコードだったんだけど、それがなんと、昔懐かしい手書きの図書カードに変わったのだ。

「普通、アナログからデジタルに進化するもんやのに、その逆や。ケッタイなことや」

大先輩をはじめ、工場のみんなは首を傾《かし》げながら、図書カードに題名を書き写す作業を行った。その数、二万冊。河野太郎デジタル大臣――僕の直前の法務副大臣でもある――が知ったら怒るだろうなあ。

こうして、令和のデジタルから昭和のアナログに〝退歩〟した結果、一回最大三冊、次の日に返せば毎日でも借りることができた官本は、週に一回の貸し出しのみとなった。単純計算で、読める冊数が四分の一に減ったのだ。それは、読書を通じた教育機会がそれだけ失われたことを意味する。

受刑者の居室にはテレビがあって、録画放送が月～金は十八時～二十一時まであり、土日祝日はそれに九時～十一時が加わる。番組は刑務所の教育部門が選んでいるのだが、番組選択への受刑者たちの不満は根強い。大食いとか、芸能人が食べる料理の皿の順を当てるとか、とにかく食い物番組が異常に多いのだ。工場のみんなからは、「受刑者だと思ってバカにするなよ」との声が渦巻く。ディズニーアニメが続いた時は、「俺たちを小学生と思ってんのか！」との声が上がった。

ここでは大河ドラマも朝の連ドラもない。ブラタモリもNスペもないし、チコちゃんに叱られることもできない！　ストレスに溢れた服役生活だから、時に息抜きできる番組を見たいこともある。「マツコの知らない世界」とかね。

一本の映画の一つのセリフが人生を変えることや、ドキュメンタリーを見て職業を決めることだってあるのだ。挫折からの復活劇に勇気を得たり、美しい自然で心を穏やかにしたり、人情ものに涙を流したり、歴史に人間関係を学んだり……。

そういう番組を見せて立ち直りのきっかけを提供することが、テレビ放映の本来の目的だと思うんだけどなあ。

矯正指導日に放送される視聴覚教材が「カンブリア宮殿」や「ガイアの夜明け」のような社会の最新情報の紹介番組だと、みんなは喜ぶ。受刑者たちが教養的番組をいかに渇望しているかということだ。僕たち受刑者にはチャンネルを選ぶ権利がないのだから、テレビ番組が生活に及ぼす影響をよく考えて、教育に資する番組を流してほしい。

「サンモニ」は大不評

テレビの話が出たついで。同衆たちが「もうあの番組は見たくない」と槍玉《やりだま》に上げるのが「サンデーモーニング」だ。日曜の放送が月曜夜に録画で流れると、決まって次の日の休憩時間に誰かが「昨日も酷《ひど》かったなあ」と口火を切る。なにも「反安倍」だから指摘しているのではない。

この種の情報番組には、何かしらの政治的傾向がついて回る。週末に放送される同種の番組は十を超えるのに、なぜ「サンデーモーニング」という、それらのなかでも極めて政治性が高い番組だけを放送し続けるのだろうか。

先輩によると、三、四年前から変わらないという。社会への多様な見方、考え方を養うのも刑務所の役割だ。受刑者の思考を固定化しようとしているとの疑念を抱かれることは、不偏不党の観点から慎《つつし》むべきではないだろうか。

もう一つ、同衆から「あれもおかしいですよね」と言われる番組がある。受刑者が全員潜り抜けなければならない新入訓練の教育プログラムとして視聴する、NHK総合の「たったひとりの反乱」という番組だ。

番組内容そのものは心を強く揺さぶられるもので、僕も何度も泣いてしまった。ただ問題は、進行役がれいわ新選組代表の山本太郎参議院議員であることだ。いくら収録時にはタレントであったとしても、いまはれっきとした国政政党の代表だ。法務省は与野党に関係なく、政治的中立性を遵守《じゅんしゅ》することに敏感になるべきだと思う。

仮釈放直前の社会復帰プログラムにも工夫を加えるべきだ。仮釈放される前の二週間は「仮釈放前班」に異動するのだが、社会貢献のためとして人工呼吸の救命講習があるらしい。でもね、長年、娑婆《しゃば》と隔絶された受刑者にもっと急務なのは、最新の社会動向についての講習ではないか。たとえば、いま話題の「マイナンバーカード」だ。

「マイナンバーってなんだ？　俺が入った頃はなかったぞ」

五年半服役してきた大先輩は不安そうだ。回覧新聞を日々十分間眺めるだけでは、コンビニの電子決済も、メタバースも、Ｗｅｂ３・０も分からないことだらけだ。「俺、現金でしか買い物したことないんや」と心配げに呟く大先輩の声に応えるためにも、社会の情報を懇切丁寧に伝える講座が有用と考える。

白紙のままの色紙

十月三十一日は、三年前に法務大臣を辞任した日だった。夕刻、独房から外を眺めていると、その頃のことが思い出された。辞任の数日前の週末、僕は妻と一緒に瀬戸内のある島にいた。あの美しい島の夕暮れ。老舗《しにせ》の料理屋さんで美味しい夕食を堪能し、店を出ると、大きな夕日がしまなみの影に傾いていた。海は空と同じ色をして、紫色に輝いていた。

お店の女将《おかみ》さんが色紙を出して、妻と僕にサインを求めた。その場でさらさらとサインすることに慣れていない僕は、「東京に戻ってゆっくり書いてからお送りします」とお答えした。穏やかで幸せな時間だった。翌週、大臣を辞任するなんてことは夢想だにしていなかった。

僕は妻に、「幸せだねぇ。怖いくらいに幸せだねぇ」と言った。苦しいことの多かったそれまでの議員生活が全て報われたような夕暮れどきだった。妻はそんな僕に笑いかけ、目を細めて眩《まぶ》しそうに僕を見つめてくれた。

それからいろんなことが起こり、妻も僕もまだあの女将さんにサインを書けていない。多くの方々との約束を僕たちは未だ果たしていないのだ。

「まだまだこれから、これからだぞ」

鉄格子《てつごうし》の向こう、赤とんぼの群れを見やり、独り言を呟いた。あの白紙のままの色紙が僕を待っている。

二〇二三年十一—十二月

囚人たちの就活事情

受刑開始から四百日を超えた十一月は千客万来だった。ここ喜連川社会復帰促進センターは東京から二時間半近くかかる、らしい。らしい、と書くのは、僕は電車でこのセンターに来たことがないからだ。いずれにしてもかなり不便な場所にある。こんな辺鄙《へんぴ》な所に来ていただくだけで本当に感謝感激だ。

まず、はるばるお越しいただいたのは我らが花田紀凱編集長！　小菅の東京拘置所に来ていただいてから一年ぶりだったが、全くお変わりのない若々しさに驚く。話は自然と安倍総理のことに向かう。出版された写真集『安倍晋三ＭＥＭＯＲＩＡＬ』（飛鳥新社）について、「自分で編集したのに、写真集を開くと泣いてしまう」と胸中を語られた。僕もあの写真集を見ていると、なんだか安倍総理がすぐ側にいらっしゃるような気がして胸が熱くなる。是非、第二、第三弾を出していただきたい。

次は『国民と作る安倍晋三ＭＥＭＯＲＩＡＬ』と題して、広く読者の皆様方から写真を募られてはどうだろうか。たとえば、街頭演説をされるお姿や、移動中の駅での笑顔とか。取っておきの「マイ安倍さん写真」が世の中には膨大に眠っていると思う。

逮捕以来、激励の手紙を最も多く頂戴したのが花田編集長だ。温かい字の連なりに何度涙したことか。僕がこうなってもいささかも態度を変えられない漢気《おとこぎ》と優しさに僕は心から深く感謝している。

続いて松下政経塾の同級生たち、そして一九九六年衆議院初当選同期の議員たちが来てくれた。遠くまで足を運んでくれた彼らの友情が心に沁《し》みる。そのお礼にと、僕から彼らを激しく励ました。「自分はそろそろ政治から足を洗おうかなあ」と呟く真面目さんや、どでかい勝負がうまくいかなかった悪友に「俺を見ろよ、こんなになっても、自分は生涯政治家だと思ってるんだぜ。いまの僕と比べて君はどれだけ恵まれているんだ。しっかりしろよ！」と発破《はっぱ》をかけた。

僕に煽《あお》られたせいか、国会の仲間たちは面会の後、刑務所近くの蕎麦屋《そばや》で「河井ちゃんの入所祝いやー！」と、ぐでんぐでんになるまで焼酎《しょうちゅう》を飲み、気勢をあげたそうだ。入所祝いなんて聞いたことがないよ、まったく。面白い連中だわ。数日後、彼らが差し入れてくれた本や現金が手元に届いた。友情の深さに、僕は泣けて仕方がなかった。

求人情報の偏り

さて前回に続き、先の通常国会で成立した改正刑法について、塀の中の実情に沿って考えたい。今回は出所後の再犯防止の鍵を握る「就労支援」についてだ。「保護観察終了時点で仕事のある人が犯罪を起こす割合が八・三％なのに対し、仕事のない人は四〇・九％で約五倍の再犯率になっている」

矯正指導日の放送でよく言われる数字だ。まさに仕事に就けるか否かが、再犯の分かれ道である。

前に述べたとおり、僕は二〇〇七年、第一次安倍改造内閣で法務副大臣に任じられたのを契機に、元受刑者の就労支援にずっと力を注いできた。でも実際に自分が刑務所に入ると、元受刑者が仕事を得ることの厳しさは想像を遥かに上回っていた。

受刑者が求人情報を得る手段は三つ。①各工場に置かれた出所者を対象とする全国からの求人票のファイル②年四回発行される受刑者専用求人情報雑誌『Ｃｈａｎｃｅ!!』③手続きをして職業安定所の職員と刑務所で面会する、である。

見ると、求人票ファイルの九割以上、『Ｃｈａｎｃｅ!!』掲載の七割五分以上が建設業関連で占められている。うーむ、若い人はともかく、中高年の出所者にとって建設・土木の現場仕事はきついと思う。

僕は実際に雑誌『Ｃｈａｎｃｅ!!』を借りて読んでみた。この女性編集長さんは出所者の社会復帰の手助けに熱心な方で、社宅・寮完備――帰るところのない受刑者が多い――の良心的な企業を探して全国を回っておられる。

雑誌を読むと、出所者と企業、双方の不満が紹介されていた。

「出所者を積極的に雇用している会社に採用されたが、実際は連日サービス残業、最低賃金以下。寮は狭い部屋に何人も押し込められて嫌になって飛び出した」という元受刑者の声がある一方で、企業側からは「採用しても満期になると八～九割が飛ぶ（いなくなる）。覚悟を決めてやり直したいと思っている人はいないのか」との声。双方の意識に乖離《かいり》がある。

「囚人のパラドックス＝受刑者脳」

前にも述べたように、刑務所での作業内容が出所後の職探しに繋がらない現状もよく考えなければならない。僕はてっきり刑務所の作業とは職業訓練ばかりと思っていたけれど、それは一部だった。職業訓練の厳しい実情――そもそも資格が取れなかったり、取れても社会であまり使えなかったり――についても恥ずかしながら大臣・副大臣の時には深く理解していなかった。

ある同衆は、「民間企業にもっと刑務所の中に入り込んでもらって、仕事を出しながら受刑者の意欲や能力を見て、これはと思う人材を出所後に引き受けてもらえる仕組みはできませんかね」と言ってきた。刑務作業と就労支援を一本化する提案である。

資格を取得することも刑務所ではままならない。刑を受けるとさまざまな資格の欠格事由に該当するのだが、その情報が手に入らない。僕が図書計算工場で扱う書籍には、多くの資格を紹介する分厚いガイドがあるのだが、欠格情報は載っていないし、その本自体の数が少ない。

また、喜連川では簿記検定は無料で受験できることになっているが、社会で役立つ検定は何も簿記だけではないでしょ。漢検、英検、ＴＯＥＩＣなどいろいろな実用的な検定・資格をこの際身に付けたいと希望している受刑者は、僕のいる図書計算工場にも多くいる。「なんで簿記だけなんですかね?」とみんなぶつくさ言っている。学ぶ意欲を抱かせ、目標を持たせるには、幅広い種類の検定や資格を受験する機会を与え、それらの合格を受刑者の評点に参入すべきだと強く訴えたい。

わが工場の心優しい担当刑務官は毎週木曜日の夕礼で、「さあ、明日からまた三日間、居室での生活になりますが、時間は大切に使ってください。社会に出る日はすぐに来ますから。『釈前《しゃくぜん》』に上がってから――仮釈放二週間前に工場を卒業して『仮釈放前室』に移動する――『自分は何をすればいいのでしょうか』と職員に尋ねる羽目《はめ》にならないように、いまのうちから出所後の準備をちゃんと進めてくださいよ」と、明るい声で注意喚起をしてくれる。

受刑者の心に「囚人のパラドックス」――僕が名付けた語で、ゲーム理論における「囚人のジレンマ」とは異なる――が忍び寄るのを防ごうとしてくれているのだと思う。

大多数の受刑者は工場では真面目に作業し、居室でもおとなしく過ごし、毎日規則正しい生活を送っている。しかしながら、そうやって一日も早く仮出所を認められたい一心で受刑生活に適応しようと真剣に努力すればするほど、次第に「塀の外」ではなくて、「塀の中」のほうが「現実」に思えてくる。そして、出所後の自分の姿が想像しにくくなってしまう。これを僕は「囚人のパラドックス」と名付けた。

僕らにとって、社会に戻った後の生活不安は高まる一方だ。不安いっぱいのシャバのことより、とりあえずいまはここの生活だけを考えたいという一種の思考停止に陥《おちい》るのだ。

それに加えて、他国の刑務所より社会との隔絶が大きい日本の刑務所では、「パラドックス」に拍車がかかる。

ここで、拘禁《こうきん》されている人間の心理をよく表している日記を紹介したい。

「一日も早く自由の身となることは誰しも念願するところなれども、住めば都といふか此《こ》の監禁の世界にも馴《な》れるとまた一種棄《す》て難き味あり」

「此の厭《いと》わしき生活に終止符をつけることに心残りを感ぜしむる」

これは、誰あろう、岸信介首相が巣鴨プリズンで認《したた》めた日記の一部なのである（原彬久《よしひさ》『岸信介―権勢の政治家―』岩波新書）。

戦後日本を代表する大政治家ですら、塀の中の生活は期限付きで終わりがあるものだという現実を忘れがちになるのだ。いわんや、普通の受刑者をや、である。施設側がかなりきめ細かく、かつ粘り強く、出所後の生活設計について、早い段階から指導することが重要だ。出所が見えてからでは手遅れだ。

刑務所改革への提言

受刑者の立場を経験した僕が、改正刑法の施行までに取り組むべきだと考えることは三つある。

①**現場の声の聞き取り**……机上で新しい制度設計をする前に、現場の実情と課題を国会や法務省がしっかりと把握することが急務だ。全国の受刑者四万三千四百人の胸には、貴重な〝声なき声〟が眠っている。

特に、教育と就労支援については、受刑者の意見を徹底的に聞くことが必要だ。現場の職員はもちろん、「釈前」に上がった人、仮釈放され保護観察中の人、刑期を終えて自由に喋《しゃべ》れる人にも聞き取りの協力を願うべきだ。

②**意識改革と態勢増強**……改正刑法の施行で最も重要なのは、現場職員の意識改革と大幅な態勢増強だ。全国の刑事施設で徹底した職員の再教育を行わなければ、法改正は絵に描いた餅となってしまう。

また、心理学を修めたり、心理カウンセリングを経験したりした人材を大量に採用して、「教務官」として工場に配置することも、立法の精神を実現するためには必然の措置である。前にも述べたが、工場の刑務官には教育にあたる余裕は全くないからだ。

③**心を動かし、情報を提供する**……大事なのは、現場の職員が受刑者一人ひとりに寄り添える余裕を与えることだと僕は思う。受刑者同士で過去を尋ねることはご法度《はっと》だ。でも一緒

に作業を行い生活するうち、自分から身の上をぽつりぽつりと話してくれることがある。

ある先輩は、「少年院では少年三人に一人の職員が付いていて、しょっちゅう面談して僕らの話を聞いてくれた。ここではそんな面談はないけどね」と言う。僕の工場の刑務官は、休憩時間によく自分の趣味の話をしてくれる。最初の頃は「なんでこんな話をするんだろうか」と不思議に思っていたけれど、そのうちに、自分は受刑者を同じ人間として扱っているんだよと、伝えてくれようとしているのではないかと気づいた。

受刑者は「自分は誰からも相手にされない、価値のない存在だ」と考えてしまう。そうではなく、「自分は社会から必要とされている人間なんだから再起しなければならない。ここにいる間にしっかりと自分の過去に向き合い、反省して罪を償い、社会で通用する資格・学力・職業能力を身につけるんだ」と考えを改めさせる仕組み――受刑者の心を動かすプログラムと受刑者が必要とする多種多様な情報を提供する体制――を整える必要があると考える。

お願い事から感謝の祈りへ

しかし、現実は大変厳しい。ひとたび塀の中に落ちてしまうと、ずっと犯罪のサイクルの中に閉じ込められてしまう。

比較的罪の軽い初犯者の集まる喜連川ですら、出所者の三人に一人が再犯をするという。このセンターで食い止めないと、あとは再犯が再犯を呼ぶ輪の中に入ってしまう。受刑者が自分一人の力で、壊れた人生を再建する準備を塀の中で行うのは不可能だ。資格の取得や職探し、家族との付き合い方など、さまざまな相談に気軽に乗ってくれる体制の整備を強く望む。

僕の妻は、僕が服役に入ると決めたとき、「刑務所に入っている間であっても、あなたには社会のために働いてほしい」と言ってくれた。だから僕は、「再犯をしない、させない、あるべき刑事施設を作る」ために少しでも役に立ちたいと願ってこの原稿を書いているのだ。

せっかく法務副大臣、法務大臣を経験させていただいたのに懲役受刑者になってしまった僕には、社会にご恩返しをする責任がある。これから先の人生のなかでも、僕はその責任を果たしていきたい。

今年も聖夜が来る。毎年のクリスマス、カトリックの僕は、自分が幼稚園時代に通い、幼い頃に洗礼を受けた地元の教会に妻と連れ立って行くことを習慣にしていた。普段は仕事が忙しいのにかまけてなかなか教会に行くことができないが、一年に一度、クリスマスは特別だった。

毎年、久しぶりに行く教会で僕は祈った。もちろん僕はいまもそうだけど、毎日朝夕の祈りを欠かしたことがない。祈りは僕の日課みたいなものだ。だけどこれまで僕の祈りは神様へのお願い事みたいなものだった。神様、助けてください、神様、お願いします、と僕は「祈った」。しかし受刑者になってから、僕の祈りは感謝の祈りに変わった。

遠藤周作は、『イエスに邂《あ》った女たち』のなかでこう述べている。「神は善を行なった者の自己満足や虚栄心も承知していますし、逆に罪を犯した者の屈辱感、後ろめたさ、怯《おび》え、悲しみも承知しています」――。

善《よ》き心にも悪《あ》しき心にも人間にはみな弱さがあり、神は人間の弱く醜《みにく》い心に寄り添ってくださる。それが神の愛である。一方、僕はずっと自分自身の弱さに気づかない「ふり」をしていた。

だが、いまこうして刑務所に入って、ままならない状況に置かれ、僕は毎日自分の弱さと向き合わざるを得なくなった。弱い自分に注意を向けざるを得なくなった。それが自省するということである。

僕はこれまで自分の傲慢《ごうまん》さに気づかない「ふり」をしていた。いまこうなってみて、僕は自分の弱い部分を「お前は弱い奴なんだな、辛《つら》いんだな」と、高いところからまっすぐに見つめ、受け容《い》れてやろうという気になった。結局、それこそが自分の弱さに向き合うということであったのだ。

同様に、僕は他人の弱さに対する寛容をも得た。人間の弱さを受け容れたとき、僕の心は感謝の気持ちで満たされた。僕はいま、神に感謝している。遠路はるばる来てくれる友人たちに、家族に、刑務官に、刑務所での同衆に、そして見えないところで僕を支えてくださっている、応援していただいている全ての方々に感謝している。

クリスマスと新年の慶《よろこ》びが全ての人の上にあることを願う。そして僕は、塀の中で三度目の年を越す。

二〇二二年十二月―二〇二三年一月

刑務所の正月

「明けましておめでとう」と、塀の中では言わない。なぜなら、「刑務所にいるのはめでたくも何ともないから」だそうだ。「なるほど」と頷《うなず》きながらも、僕は物足りない。

だって国会議員の間、大晦日《おおみそか》深夜の初詣《はつもうで》回りから始めて、あちこちの新年互礼会、鏡餅を火にくべて正月飾りを燃やす「とんど」、新春街頭演説、支持者宅訪問など、三月いっぱいまで「明けましておめでとう」を連呼していたからだ。新年の挨拶を言えないと、なんとなく体がうずうずする。

でも、ここがたしかに「おめでたくない」状況なのは事実だ。それは、真冬なのに居室に暖房がないから！　朝、工場に出るまでの二、三十分間、空調が入るだけで、外が零下だろうが、夕方以降暖房は入らない。おまけに工場出役中は独房の窓を開けっぱなしにしなければならないので、帰ってくると部屋はキンキンに冷えている！

もうひとつおまけに、越冬の必需品、使い捨てカイロが先月、売り切れを理由に発売中止に！「なんで他のメーカーから仕入れないんだよ」と受刑者たちは不満たらたらだ。

三つ目のおまけに、僕の部屋には一日中、陽が射し込まない！　コンクリートの壁と鉄製の扉で囲まれた房には容赦《ようしゃ》なく冷気が襲ってくる。手は冷え切り、字も書きにくい。

四つ目のおまけは、「灯油が底を尽きそう」なため、工場のストーブも弱火になっていること！　燃料価格の高騰を受けて、法務省は補正予算に光熱費を増額要求したんでしょ？　なのに、一体どうなってんだー！　ＷＨＯは「室温は最低でも十八℃に」って勧告しているのにね。

そんなこんなで、クリスマス前には鼻水が止まらなくなった。薬をくれた職員が「もうあちこち風邪だらけですよ」と。コロナ感染も急速に広まった。「このままじゃ冬が越せないっすよ」、同衆たちの悲しげな眼に促《うなが》され、妻に窮状を訴えた。

「それって人権侵害じゃないの？」と憐《あわ》れんだ妻がいろいろと要路に話してくれたようだ。その甲斐あってか分からないけれど、突然、年末に夕刻の暖房が入った。十八時までの四、五十分で切れるんだけど、それが実に嬉しい。

下着をブクブクに重ねて、毛布を膝に掛け、数少ないカイロを大切に使って、左手に軍手をはめ、しぶとく生き抜いておりますよ僕は。

受刑者の声は届いているか

さて、本物の人権侵害が明らかになったのが名古屋刑務所だ。「また名古屋か」と、ラジオで一報に接した僕は呟いた。二〇〇一〜二〇〇二年の名古屋刑務所での刑務官による受刑者への暴行死傷事件を契機に、「監獄法」が「刑事施設収容法」に改正され、二〇〇六年に施行された。僕はその翌年に法務副大臣に就いたので、国会での議論をよく覚えているのだ。

気になる点が二つある。まず、暴力・暴言を行った刑務官たちが若く、採用からの年数が少ないこと。「コロナ禍で職員教育がオンラインだったことが事件の背景」と新聞は報じたが、それは関係ないだろう。

刑務官の受刑者への感情が問題の本質ではないか。学校を出たての若者が刑務官になった途端、受刑者から「先生」と呼ばれ、常に敬語を用いられる。些細《ささい》なことでも注意されまいと、受刑者は「先生」にびくびくし、その号令に従う。

刑務官のほうも立場上、受刑者の名前を呼び捨てにし、ぞんざいな口調で対応する。経験の浅い刑務官がその特殊な関係性を履《は》き違えてしまえば、囚人を自分の家来か下僕くらいに思ってしまうことだろう。

受刑者が刑務官の指示に従うのは、一日でも早く仮釈放がほしいのと、「類」をあげてほしいからだ。優遇措置の「類」が上がると、面会や手紙の回数が増え、中で買えるお菓子や日用品の種類が増えるのだ。

鈴木宗男先生は、「態度の悪い職員の名前を控えて、後で本省（法務省）に知らせた」と仰《おつしや》っていた。だが、一般の受刑者にそのようなことはできない。そこで法律を改正してできたのが、「刑事施設視察委員会」である。委員会は弁護士や医師ら、外部の識者によって構成される。

今回の名古屋の一件で気になる二点目は、この視察委員会制度が役に立たなかったのではないか、ということである。報道によれば、受刑者からの投書を受け、視察委員会が職員の暴行を刑務所に対して指摘したところ、所長から「問題ない」と返された、とのことであった。視察委員会は、「外部の調査には限界がある」と表明したと報じられている。

社会から隔絶された閉鎖空間で、視察委員会は最後の砦《とりで》である。名古屋の事件に衝撃を受けたある大先輩は、ここ喜連川の視察委員会に意見書を出したという。「私たちの提案をどうか握りつぶさないでください」「刑務官による被害に遭っていないか、受刑者全員に確かめてください」。受刑者の声は届いているのだろうか。

若い刑務官に対しては、受刑者を侮蔑《ぶべつ》してはならないと人間性の教育から始めないとならないし、視察委員会が真に機能するための制度改革も待ったなしだ。だが最も大事なのは、まず現場の本当の実情を摑むことだ。それが不十分だと、またどこかで同じことが起きる。

刑務官全体を白い目で見るのは正しくない。ほとんどの職員は、ストレスの多い環境でよく頑張っている。時あたかも、懲らしめから立ち直りへと政策が大転換する真っ只中である。新しい齋藤健《けん》法務大臣に期待する。

読者から激励のお手紙が

さて、十二月の出来事。衆議院初当選同期の仲間がまた一人来てくれた。一年半ぶりの面会なんだけど、話すうちに時計の針が国会議員の頃に戻る。

「河井ちゃん、また一緒にやろうなあ」

変わらぬ友情に胸がジーンとした。

感謝と言えば、全国の月刊『Hanada』読者から激励のお手紙や年賀状をいただいたことにも。ここの住所を調べて送っていただいたり、編集部経由だったり。やる気が出ます。ありがとうございます！

受刑者が明るく年を越せるように、刑務所はいろんな趣向を凝《こ》らしてくれる。まずは、クリスマスケーキ！　ヤマザキのスイスロールが丸ごと一本。食べ応えがある。三ツ矢サイダーとハーブチキングリルも出てきた。年一回の炭酸飲料に、「久しぶりにゲップが出た」と皆はしゃぐ。

でも、なぜ二十四日ではなく、二十三日の晩に配られるのかは謎だ。

二十九日にもおやつが出た。カルビーのポテトチップス、ブルボンのルマンド、ロッテのトッポ、焼き菓子だ。甘い物に飢えている僕は一日で平らげた。

大晦日にはみかんと年越しそば。かき揚げの美味いこと！　就寝はいつも九時なのだが、この日だけは零時過ぎ。ただテレビで紅白が流れないのは残念だ。

元日にはおせちの箱詰めが出たけど、去年あった数の子とイクラが消えていた。

「プーチンのせいや！」

普段は麦が混じっているご飯も三が日は白米のみ。白い米粒が眩しいぜ。そして正月三日にはぜんざいだ！

こうして僕は輝かしく新年を迎えた。

ゴシップ紙と化した中国新聞

真山仁《じん》『ロッキード』（文藝春秋）を一気に読み切った。著者が膨大な資料を読み解き、多くの関係者に取材し、現場に足を運び、通説への疑問を検証して得た結論はこうだ。

「東京地検特捜部は間違わない、手段を選ばなくて良い、裁判所は常に公平である、角栄は賄賂《わいろ》をもらっているに決まっている――その先入観を誰一人疑うことなく、いかなる反論にも耳を貸さず解決したつもりになっていた。冷静に考え、証拠と法廷での証人の証言を重視して裁判をもう一度行えば、角栄は有罪にならなかった気がする」

五百九十二頁の大部を読み終え、僕は自分の事件と同じ臭いを嗅《か》ぎ取った。

「角栄を破滅させた本当の主犯は世論だ」と著者は断じる。

「田中さんは有罪にならなければならないという世論の強い意志を感じていて、裁判所内に検察の捜査を疑うような空気は生まれなかった」

これは上告審判事の一人だった園部逸夫《いつお》氏の述懐だが、同じ空気は僕の公判でも漂《ただよ》っていた。ことに僕の妻は週刊誌とテレビの格好のネタにされ、外見から何から何まで批判されて、会ったこともないワイドショーの司会者から電波を通して「俺、こいつ大嫌い」と罵《ののし》られた。それはまるで集団リンチのようだった。

地元紙である「中国新聞」は左派色の濃いメディアであるが、本当に冷静に僕の件を報じたのであろうか。僕の弁護団が理路整然と主張した「検察の不正義」――検察が受供与者らを取り調べる際に、法で禁じられている〝裏の司法取引〟を行った――について、きちんと報じたのだろうか。

僕の事件と裁判の結果について、当時、日本経済新聞は「目的を達成するためならば強引な奇手を使っても許されるのか」と検察の捜査手法に対し疑問を投げかけると共に、検察のやり方をチェックするはずの裁判所が検察を許容したとして、その論説において検察と裁判所を厳しく批判した。

翻《ひるがえ》って、ゴシップ紙と成り果てた「中国新聞」は、メディアとしての水準と同時に、その公正性に大きな問題があったと僕は考える。はたして「中国新聞」は検察の違法な裏取引について、地元政治家への取材や報道を行ったのだろうか。

僕から現金を受け取った議員らは検察審査会において「起訴相当」とされたが、その処分を不服として十数名の議員がいまだに裁判で争っている。その公判で、僕の弁護団の主張を裏付ける証言が次々と出ているのだ。

「検察に騙された」

ある県議は自身の公判で、「検察の言うとおりにすれば情状酌量《じょうじょうしゃくりょう》されると思って、検察に協力する供述を行った」「買収された記憶がないと言っても、検察官に誘導されて段々とそうなった」「陣中見舞いと言っても認めてもらえず、検察が誘導するまま取り調べが進んだ」などと、取り調べの実態を明かしている。

『ロッキード』でも、はじめ検察の誘導に抵抗した全日空の若狭得治《わかさとくじ》社長がやがて根負けし、検察に対して「あんた好きに書きなさいよ、署名してあげますよ」と調書に署名したくだりが載っているが、同じような証言が広島で始まった公判でも見受けられる。

別の県議は、「選挙に対してのお金ではないといくら否定しても取り合ってもらえず、半ば諦《あきら》めて調書の内容を認めた」「調書が検事の言うとおりにならないと帰れないと思い、サインした」などと述べた。さらに別の県議も、「(河井さんから) 妻を頼む、という話は一切なかった。自分の県議当選のお祝いと思った」と証言している。

また別の市議は、検事から「狙っているのは河井だけ。先生にはそのまま議員を続けてほしいんです」と言われたという。

もっとあからさまな囁《ささや》きもあった。ある県議は、検事から「頑張ってください、応援していきます」と言われたり、「悪いのは河井さん。先生のことは、Facebook を見てファンになりました」などと言われたとし、「検察側のストーリーが出来上がっている気がした」と証言している。

投票買収事案は「対向犯《たいこうはん》」と言い、買収罪と被買収罪は同時に発生しなければならない。お金を受け取った側からの「買収されました」という供述が得られないと、犯罪の構図が成り立たないのである。

そこで検察は、受供与者をおだて、手なずけ、ときに脅《おど》しながら、「あなたのことは不起訴にしてあげる」という違法な裏取引――公職選挙法では司法取引は違法とされている――を持ちかけて、次々と彼らを籠絡《ろうらく》していったのだった。

検察からすれば、その裏取引どおりに彼らを不起訴にしたところで、「どうせ検察審査会が『起訴相当』と議決するさ」と、お見通しだったんだろうね。結局、被買収を認めた議員らは全員略式起訴されることになった。その検察の処分が発表された後、彼らはかわいそうに、「検察に騙された！」と大荒れに荒れまくったそうだ。

暮れに届いた妻からの手紙

忿懣《ふんまん》やるかたない十数名が公判で争う道を選んだが、その他の議員たちは「略式起訴を受け入れれば公民権停止が五年から三年に縮まるそうだ」という噂を信じ、裁判をせず、検察審査会の議決を受け入れた。だがその噂はただの噂であり、結局、彼らの公民権は五年間停止されることになった。議員らは、またしても「検察に騙された」と大騒ぎしたそうである。

暮れに妻から手紙が届いた。全く無実の妻を不条理で理不尽な目に巻き込ませた僕は恨まれても仕方がないのに、文面には思いやりの深さ、人としての大きさ、僕を案じる温かさ、そして新しい一年への心意気が綴《つづ》られていた。

僕は妻の文に神の働きを見た。遠藤周作は「神は存在というより働きです。神は愛の働く塊《かたまり》なんです」と小説『深い河』（講談社文庫）で語らせた。

今年は卯《う》年。妻の選挙のマスコットキャラクターは可愛いピンクのうさぎだった。再び、あのうさぎが輝く笑顔で元気にぴょんぴょん跳《は》ね回る姿を見るまで、僕の闘いは終わらない。負けてたまるか――。

二〇二三年、僕は年男になった。

二〇二三年一―二月

塀の中のコロナ感染体験記

とうとう新型コロナに罹《かか》った。

どこで聞きつけたか、一九九六年衆議院初当選同期の仲間が、忙しい国会の合間を縫って面会にやってきてくれた。

「河井ちゃんがコロナになったって聞いたから心配して来たんだよ」

「大丈夫、熱が出たのは一晩だけだから」

僕は快活にそう答えた。

このところ、職員だけでなく、受刑者にも急速に広がっていたコロナ感染が、正月明け、僕の所属する図書計算工場を直撃したのだ。

一月八日日曜の夜、僕はなんとなく熱っぽく、寝苦しく、頭も少し痛く、喉《のど》もイガイガ、節々も重く感じていた。「もしや、コロナ?」と疑ったが、翌朝の検温で平熱だったので一安心していた。

ところが、周りの同衆たちが次々と荷物をまとめて転室させられている様子が目に入り、「僕も多分コロナで病棟に連行されるんだ……」と心配になった。

だがそれでも、その日の午後にはだるさがなくなり、諸症状も和《やわ》らいだので、僕は「自分だけはコロナじゃないぞ、単なる風邪だったんだ」と思い込んでいたのだ。

ところが結局、連休明けの十日火曜朝、工場で受けた抗原検査であっさり「陽性」に……。僕は直ちに独房に帰され、荷造りをさせられて、防護帽、防護衣、フェイスシールド、手袋をつけて病棟三階の隔離区画に移された。

そこから、僕の「乾冷地獄」が始まったのだ。

いやあ、寒かったの寒くなかったのって。あんなに寒い経験をしたのは人生で初めてだったかもしれない。

外気温が零下五℃くらいなのに、隔離病室には全く暖房が入らない。布団に一日中包《くる》まらないと生きていけない寒さ。

それに加えて超・乾燥状態。朝、窓を見て驚いた。居室では滝のように流れ落ちていた結露が全くないではないか。聞こえてくる微《かす》かな作動音は、二十四時間回る強力な換気扇のものだというこことに、この時、初めて気がついた。コロナ患者の巣窟《そうくつ》となっている病棟は、厳寒のなか、めちゃくちゃ換気されていたのだ。

一旦楽になっていた僕の喉の調子は、換気のため、また悪くなってしまった。コロナの隔離で風邪をひくという、笑うに笑えない状態になったのだった。

十日間、同じ下着で過ごす

出されていた食事も冷えていた。五十人～六十人の隔離者に配食するのは、気の毒にたった一人の職員。まず夕方五時、大相撲初場所のラジオ中継が始まる頃、いい具合に（?）冷えたお茶が、使い捨てのプラスチック容器で配られる。

それから三十分経って、関取の取り組みの中ほど、冷え切ったおかずが紙皿に盛られてくる。ようやく冷たいご飯が届くのは相撲が終わる夕方六時を回ってから。全部が揃い、冷蔵庫から出したばかりのような冷たい食事をガタガタ震えながら摂《と》る。部屋が寒すぎて、食事の上に鼻水がぽたぽたと自然落下する。

入浴もできない。代わりに、洗面器一杯分のお湯が週三回配られる。共同浴場の大きい湯船に浸《つ》かる至福のときの自分を想像しながら、僕はタオルをお湯で濡らし、全身を拭《ふ》いた。衣服にもウイルスが付着しているとかで洗濯してもらえず、十日間、同じ下着だった。

静寂そのものの隔離病棟である。遠くから誰かの咳《せ》き込む音が聞こえるだけ。終日ベッドの上で本を読んだり、これまでの人生を振り返ったりして、時を過ごした。

隔離九日目の十八日水曜。体温、酸素濃度の測定結果が問題なしとされた。「元の房に戻れる！」と喜んだのも束《つか》の間、次は静養の独房に移された。歩きながら、僕の工場から病棟に来た仲間が増えていることに気づいた。結局、僕の工場十三名のうち、十一名が隔離されたのだった。

受刑者同士は喋っちゃいけないので、互いに目と目で「おぬし、大変でござったなあ」「いやいや、おぬしこそ寒かったであろう」と会話を交わした（多分）。

新しい房は別の棟の一階。「やっとこさ『乾冷地獄』から解放される」と期待したのも束の間、次に待っていたのは「暗冷地獄」だった。

今度の居室は目の前に建つ建物に阻《はば》まれて空がほとんど見えないのだ。もちろん、お日様も入らない。病棟と同じく、テレビもない。刑務所に入って、僕はテレビの偉大さを思い知った。点《つ》けているだけで外の世界と繋がっている気がするのだ。病室にはテレビもないが、同時に暖房もない。落ち込んでしまうばかりだった。

静養する部屋は長く使っていなかったのであろう、畳の上に埃《ほこり》が溜《た》まり、歩くと足の裏がざらざらした。僕は急いで掃《は》いたり拭いたりした。居るだけで病気になってしまいそうな部屋だ。

「君たちはまだ休養中の扱いなので、布団のなかで静かに休むこと！」と、刑務官が大声で叫んで回っている。「もうすっかりいいのに。ていうか、初めから何ともないのに」と僕はぶつぶつ呟き、暗く寒い独房に早々に布団を敷き、読書に耽《ふけ》った。

面会に来ても門前払い

実は隔離病棟にいる間に妻が面会に来てくれていたのだった。だが僕は、呼ばれもしなかったし、来たことを後から教えてもらえなかった。「ご主人はコロナに罹りました、と言われたから帰ったんだよ」と、妻が後で手紙をよこして分かった。

せっかく片道三時間かけて来たのに、僕に会えず、とぼとぼと肩を落として帰る妻の後ろ姿を想像して切なくなった。

「面会者が『絶対会いたいです』と言えば面会はできるんだよ」と教えてくれた病棟の刑務官の助言を速達で妻に知らせると、早速また来てくれた。これまでで一番嬉しかった。

面会所に歩きながら十日ぶりに陽の光を浴びる。全身を防護服で包んだ僕を見るなり、妻は「映画の『12モンキーズ』みたい」と言ってケラケラ笑う。房から一歩も外に出られず、寒さと暗さでこわばっていた僕の心は、妻の屈託のない笑顔に救われた。

二十三日月曜朝。人の良さそうな医師が房に来て、「（静養を）解除します」と宣言してくれた。久しぶりに風呂に入った。人心地《ひとごこち》ついてから、荷物をまとめて元の房に移動する。もう防護服は着なくて良いのだ。

そしてわが工場へ。担当の刑務官に、「二八一九番、河井です。ただいま戻りました」と報告する。刑務官の眼差しは、いつにも増して優しげだった。

こうして僕の新型コロナウイルス感染体験は終わった。

辛くて寂しい十四日間だったけれど、刑務所における感染症隔離の実態を身をもって知ることができ、良かったと思う。それに、有り余る静謐《せいひつ》な時間を使って、普段読めない本――聖書や国際政治学の原書――に向かうことができた。カトリックの信者なのに、聖書を全通読したのは、恥ずかしながら初めて（神様ごめんなさい）だった。

沁み入るコヘレトの言葉

なかでもいちばん熟読したのが、旧約聖書の「コヘレトの言葉」だ。ある一節――「朝に種子を蒔《ま》き、夕べに手を休めるな」――を読んだ時、昭恵夫人が安倍総理の葬儀で「主人はたくさん種子を蒔いてきたので、これから芽を出すことでしょう」と仰ったという記事を思い出し、「昭恵さんはコヘレトを読まれたのかな」と思った。

先の一節を、批評家で随筆家の若松英輔氏とプロテスタント牧師の小友聡《おともさとし》氏は、「いま種子を蒔いたところで、いつ実を結ぶのか分からないし、どれも実を結ばないかもしれない。それでも明日に向かって種子を蒔き、諦めずに『それでも生きよ』と『コヘレト』は呼びかけているのだ」と読み解く（出典：『すべてには時がある：旧約聖書「コヘレトの言葉」をめぐる対話』NHK出版）。

実は僕は、コヘレトとは不思議な邂逅《かいこう》をしている。僕が所属する広島のカトリック祇園《ぎおん》教会は、いつも新年を迎えると、聖書の言葉を載せた紙片をおみくじのように丸めて聖堂の入り口に置くのだが、今回の事案が起きた年とその前年、二年続けてコヘレトの同じ言葉を引き当てたのだった。それは、「天の下ではすべて時機があり、すべての出来事に時がある」で始まる有名な「時の詩」と呼ばれる箇所だった。

しかし当時の僕は不勉強で、「コヘレトの言葉」の存在も知らず、字句の意味も理解できなかったので、僕はそのおみくじをそのまま折り畳んで、お守りとして衆議院手帳に挟み込んだだけだった。

それが変わったのが、東京拘置所に収容されてから。同じように小菅で長い拘置所生活を経験した佐藤優さん――僕が逮捕された日の朝、励ましのお電話をいただいたことをいまでもよく覚えている。感謝しています――が、「コヘレトの言葉」を心の支えとされていたことを知り、僕は教会での出来事を瞬時に思い出し、以来、興味を抱くようになった。

若松氏と小友氏が強調するのは、「コヘレトの言葉」の「逆転の発想」だ。神から与えられた時間である人生が「ヘベル」(束の間)であるからこそ、残された時間を精一杯生きようと説く。

「私たちは〝生きる〟のではなく、実は〝生かされている〟のです」

「待たないようにして待つことが(時機の到来を)待つことの極意である」

「大切なのは苦しみや悲しみを避けるのではなく、それを深めること。否定的と思われる経験や出来事にもとても大事なものを見出《みいだ》せる」

などなど、「コヘレトの言葉」の真意をお二人は読み解こうと努める。両氏が「人生は不条理だ。しかし、これでもかというほど苦しい不条理な経験をしても、それで人生は終わらない。必ず時が来て、人生に調和をもたらすから生きねばならない」「眠れない夜を過ごし、朝になっても今日をどう生きたらいいかと思い悩むとき、『生きよ、種子を蒔け。束の間だが生きて種子を蒔け。生きればいつか必ずシャローム（平和）の時が来る』という『コヘレトの言葉』を思い出して欲しい。生きていれば可能性があることを。この闇の向こうに明日があります」と語るのを読み、胸が熱くなった。

悩み苦しむ世の人々や、僕のせいで不条理で理不尽な目に遭ってきた僕の妻にコヘレトの言葉が沁み入り、人生の希望はもうすでに心のなかにあることに気づいてほしい。僕は猛烈にそう願っている。

僕が蒔いた種子

さて、聖書に触れた繋がりで、ローマ・カトリックの総本山、バチカン市国の話をしよう。僕がバチカンを訪れたのは八回。日本の国会議員では史上最多だと思う。若手議員の頃の面会相手だったバチカンの外務次官が、その後、国務長官——日本の首相にあたる——に出世するなど、僕はローマ教皇庁での人脈を二十年以上こつこつと培《つちか》ってきた。

僕がバチカンを訪問していた目的は、初めの頃は世界中に張りめぐらされた情報網に支えられたバチカンの外交力を学ぶためや、ヨハネ・パウロ二世以来途絶えていた「ローマ教皇の早期訪日要請」を行うためであった。

だが近年では、バチカンが台湾と断交して、大陸中国と国交を樹立することに積極的になっているという動きがあり、僕は中国共産党政権によるインド太平洋地域での拡張主義の動きをバチカンに対して正しく説く必要があると考えた。

安倍総理も国際場裡《じょうり》におけるバチカンの重要性を深く認識されており、早期の日本訪問を要請するため、ベネディクト十六世宛《あて》の親書やメッセージをしばしば僕に託されるようになった。

僕のバチカン通いは頻度を増し、国務長官はもちろん、他省の長官らとも積極的に会談を行い、教皇にも謁見《えっけん》を賜《たまわ》り、日本、特に広島・長崎への訪問を直接要請した。

バチカンに通うたびに訪日要請を行っていた僕は、次第に手応えを感じるようになっていった。そして二〇一九年十一月、悲願のフランシスコ教皇訪日が実現した。

でも僕は首相官邸での歓迎行事にも、地元広島で行われた平和公園での野外ミサにも、東京ドームでの大規模ミサにも出席することが叶わなかった。まさに教皇が来られる直前の週に僕は法務大臣を辞任し、謹慎に入っていたからだ。

僕は悔しかった。だけどコヘレトの言葉を借りるなら、僕はたしかに種子を蒔いた。それはもう、一所懸命必死になってたくさんの種を蒔いた。僕にとっての花は開かなかったかもしれないけれど、誰かのための花は開いた。教皇が来日されたことで、きっと国民のなかには救われた人もいると思う。

それでいい。僕にとっての時機もきっといつかやってくると、僕は信じているから。

二〇二三年二―三月

松本零士先生に教わったこと

三月は旅立ちの季節だ。一昨年十二月、僕が図書計算工場に配役されて以来、ひとかたならぬお世話になった担当刑務官と大先輩の受刑者が相次いで去っていった。

親身にご指導いただいた担当さんの恩を僕は忘れない。いつも優しい眼差しで僕らに寄り添っていただいた姿は〝刑務官の鑑《かがみ》〟だと思う。「刑務所は自由がなく制約が多いところだけど、私はできるだけ笑顔がある温かい工場にしたいんだ。だから、そうするために規則は守ってほしい」と、よく語っておられた。

日本中の刑務官が同じ姿勢でいてくれたら、受刑者は真摯《しんし》に人生のやり直しを決意し、再犯も減るんじゃないだろうか。

刑務所勤務経験があるという浜井浩一龍谷大学教授（犯罪学）の所感――「私の経験では、受刑者が反省したり更生に向かうポジティブな気持ちを抱いたりするのは、受刑者が人間らしく尊厳を持って扱われた時です」――が、担当さんの姿と重なる。

「自分の趣味を紹介してくれたり、週末どこそこへ行ったという話をしてくれたりする刑務官がどこにおるんや。オヤジが僕らを同じ人間として認めてくれてるからやないか」と、大先輩はよく言っていた。刑法が改正され、懲らしめから教育へと刑務所のあり方が大きく転換するいま、担当さんのような職員の存在は希望をもたらす。最後の日の夕礼で、担当さんは「皆さんとは仕事仲間のような感じでした。皆さんと楽しく過ごすことができました」と心情を吐露した。

僕は思わず胸が熱くなり、涙が滲んだ。同衆たちの洟《はな》をすすり上げる音が聞こえた。きっとみんなも言葉に出せない想いを噛み締めているんだろう。号令に合わせて僕はいつにも増して深く頭を下げ、大きい声で「ありがとうございましたっ！」と叫んだ。受刑者の友人のようでありたいと努めていた担当さんは、まさに「信念の人」だった。

大先輩の巣立ちに涙

そしてもう一人。受刑約六年、最古参の受刑者が仮釈放前室に巣立っていった。右も左も分からなかった僕にいろんな刑務所の「掟《おきて》」を教えてくれた大先輩だ。

まだ三十歳そこそこだと想像するんだけど、見事に工場をまとめていた。休憩時間に冗談を連発してみんなの心を和ませたかと思うと、作業中は打って変わって、規則違反をしないようによく通る声で皆に注意喚起する。そのメリハリは清々しかった。

彼が作業や生活上の課題を担当さんにどしどし意見する姿に、「自分たちの気持ちを代弁してくれる」と同衆は信頼感を抱いた。彼の鋭いツッコミと担当さんの大らかな反応。あの掛け合いをもう聞けないのがとても寂しい。

最後の日の運動時間、全員で「通りゃんせ」をして、大先輩に潜ってもらった。でもそこは囚人の哀しさ。体と体が触れるのは厳禁なので、慎重に間合いをとって手と手を近づけた。そして、「おめでとうございます」と拍手をした。僕が「長い間よく耐えられたね。秘訣は?」と訊くと、

「いや、特にないですよ。自分が悪いことしたんですから仕方ないと思っていました。でも、僕の後から入ってきた人たちが、みんな先に出所していくのを見送り続けるのは本当に辛かったです」と。

昼食後、僕が「こういう時、シャバだったら寄せ書きを贈るんだけど、ここではできないので、代わりに一人ずつ言葉を贈ろうよ」と提案したら、みんな心のこもった感謝や励ましを述べていった。

僕の番になった時、不安でたまらなかった僕に手取り足取り教えてくれた彼への感謝が迸《ほとばし》ったのか、それとも刑務所で辛抱に辛抱を重ねてきた彼に受刑五百日を超えた僕自身の忍従の日々が重なったのか。不覚にも僕は涙が溢れた。

「ここで頑張ってきた自分にどうか自信を持ってね。社会で成功すると信じているよ」

僕がそう言うと、彼はこう返した。

「刑務所での時間は無駄ではなかったと思ってます。ここで学んだことを社会でぜひ活かしていきたいです」

僕が「いまどんな気持ち?」と訊くと、彼は「ワクワクしてます」と晴れやかな笑顔だった。新しい人生で他者にも自分にも幸多きことを祈ってやまない。

息づき始めた宇宙への夢

別れといえば、敬愛する松本零士《れいじ》先生が旅立たれたニュースも。悲しく寂しかった。もし幼い頃、松本零士先生の作品に出会わなかったら、僕は「宇宙基本法」の草案を書くことはなかっただろう。スティーブ・ジョブズの言葉——"connecting the dots"人生における全ての出来事は実は繋がっている——は正しい。

松本先生によって誘《いざな》われた宇宙への憧れが、政治家としてのライフワークに発展していった僕の道のり。一九七四年、広島の民放テレビで放映された『宇宙戦艦ヤマト』を毎週心待ちにしていた僕は、人類の危機を救おうと戦う英雄たちの使命感に心動かされ、彼らの勇気とヤマトの戦闘力に胸躍らせた。まるでヤマトの乗組員になった気になり、一緒に「ガミラス」と戦った。

番組の終わり際に毎回表示される「地球滅亡の日まであとXXX日」の日数が減っていくたびに僕は焦った。「イスカンダル」の女王・スターシャの気高《けだか》い美しさに憧れを抱いた。そして最終回、沖田十三《じゅうぞう》艦長はじめ数多《あまた》の犠牲を出した末に手に入れた放射能除去装置（コスモクリーナー）によって、クレーターだらけの赤茶けた地球が元の美しい青い惑星に蘇《よみがえ》った瞬間、僕のなかに宇宙への夢が息づき始めたのだ。その時僕は小学校六年生だった。

その後も、『銀河鉄道999』『宇宙海賊キャプテンハーロック』『新竹取物語　1000年女王』が放映されると、学校から急いで帰り、テレビにかじりついた。

親父が買ってくれた『銀河鉄道999』のガイドブックは宝物だった。政治家を志《こころざ》す夢と、松本漫画に掻《か》き立てられた大宇宙への夢が僕のなかで融合していった。

一九九六年、衆議院に初当選した僕は迷うことなく宇宙政策を所管する科学技術特別委員会所属を希望した。委員会の視察で初めて種子島《たねがしま》の宇宙センターを訪れ、ロケットや宇宙船を見た時の感動はいまでも忘れられない。

案内役だった沖村憲樹《かずき》科学技術庁官房長（後に科学審議官）と意気投合したのは、その日の懇親会のことだった。以来、沖村さんとは公私共にひとかたならぬご縁をいただいている。

家宝になっている色紙

種子島から帰京した僕は、早速、初当選同期の仲間たちに宇宙を中心とする科学技術振興の議員連盟をつくる呼びかけをした。十数名の議員が集まった発会式には、沖村さんに頼んで憧れの松本零士先生に出席していただき、名誉顧問になっていただいた。

会の名称――Dynamic Future Dream の頭文字をとった「ＤＦＤ研究会」――も松本零士先生に命名していただいた。懇親会には紅いドクロマークの刺繍《ししゅう》の入ったニット帽を被《かぶ》った松本零士先生がよく出席してくださった。

一年生議員の僕らは政治力の不足を行動力で補おうとした。たとえば、一九九八年に北朝鮮がテポドン一号ミサイルを打ったのを受け、日本も情報収集衛星（ＩＧＳ）を保有しようという機運が盛り上がったときのことだ。国防族の大物議員らが手っ取り早く米国製を購入するよう自民党の会合で求めたのに対し、僕らＤＦＤ研究会のメンバーは「わが国は自前の『目』を持つべき。日米間の技術格差はいつか埋められる。ＩＧＳは断固、国産で開発するべき」と論陣を張り、賛同署名を集めるために、みんなで手分けして、議員会館の自民党国会議員事務所を全て回った。

百名を超した署名は鈴木宗男官房副長官を通じて首相官邸に届けた。そしていま、日本の安全保障に欠かせない衛星情報は、国産のＩＧＳから時々刻々ともたらされている。

また、一九九九年、Ｈ‐Ⅱロケット八号機の発射が失敗した時もＮＡＳＤＡ（現ＪＡＸＡ）を手厳しく非難し予算削減に触れた先輩議員に対してＤＦＤは強く反論。日本の宇宙開発予算を強力に擁護した。その後、Ｈ‐ⅡＡロケットが世界に誇る発射成功率を記録したことは周知の事実だ。

こうして、ＤＦＤ研究会を核として宇宙政策にかかわった僕だったが、二〇〇〇年の総選挙では落選してしまった。松本零士先生は、僕が憧れる『銀河鉄道９９９』の巨大なイラストパネルを持って、わざわざ広島の選挙事務所まで激励に来てくださったのに……。

選挙後、地元でのお詫び行脚《あんぎゃ》を終えた僕が沖村さんのところにご挨拶に行った時、紹介してもらったのが妻のあんりである。翌年、広島で開いた結婚披露宴には、松本零士先生と宇宙飛行士の毛利衛《もうりまもる》さんが駆けつけてくださった。お二人のお祝いの色紙は、わが家の家宝である。

「宇宙基本法」創案に尽力

二〇〇三年の総選挙で国政に復帰した僕は宇宙政策の推進に全力を傾けた。忘れられないのが「宇宙基本法」の制定だ。

その頃、宇宙空間での非軍事利用を定めた衆参両院の国会決議（一九六九年五月九日）が宇宙の安全保障利用の足枷《あしかせ》となっていた。時代にそぐわない旧決議を乗り越え、宇宙空間の利用目的は「非軍事」ではなく「非侵略」という世界標準に近づけるには新法の制定が望ましい、とＤＦＤ研究会は提言した。そして、先輩議員の勧めで、僕が法律の草案を作ることになったのだ。

まず、「宇宙基本法」というでっかい名称を考えた僕は、宇宙の開発と利用の理念をきちんと書き込むべきだと訴えた。

日本の宇宙開発利用の五原則として、①外交②安全保障③産業化に加え、自分の幼少期からの宇宙への夢を基にした④国民を統合する夢と⑤人類進化への貢献、を入れた。

法律の制定を機に、宇宙分野の第一人者の方々に呼びかけ、『国家としての宇宙戦略論』（誠文堂新光社）という本を刊行した。刷り上がったばかりの本の帯に松本零士先生に推薦の言葉と挿絵《さしえ》を書いていただいた。

第二次安倍政権発足後は、首脳外交の「おつかい」役をしながら、積極的に宇宙外交にかかわった。ホワイトハウスの宇宙政策担当高官、歴代のNASA長官、欧、印、露の宇宙機関長らとの会談を積み重ね、アジア・中東・アフリカへの宇宙協力を推進した。二〇一三年に北京で開かれた国際宇宙会議に、日本の国会議員として初めて出席し、卓話《たくわ》したこともあった。

また、これからは民間の力をもっと活用すべきだと考え、長年宇宙産業を牽引《けんいん》してきた大企業と独創性あふれる宇宙産業における起業家――「ニュー・スペース」――たちとの橋渡しをする交流会も企画・開催した。

彼らがビール片手に胸襟《きょうきん》を開いて談笑する姿を見ると心底嬉しかった。あの場に参加いただいた新興宇宙企業が脚光を浴びる報道に接するたび、僕は塀の中から喜んでいる。故葛西敬之《かさいよしゆき》宇宙政策委員長や米国防総省はじめ国の内外の宇宙有識者と、安倍総理という偉大な宰相の下《もと》で仕事をさせていただいた幸せへの感謝が募る。

「時間は夢を裏切らない」

さて、読みたいと熱望していた『安倍晋三 回顧録』（中央公論新社）を早速差し入れてくださったのは、我らが花田紀凱編集長だ。歯に衣《きぬ》着せぬ率直な語り口と明るい冗談に、安倍総理の話しぶりが鮮やかに蘇る。総理の特命を受けたさまざまな外交案件の記述を読むと、その時々の安倍総理との会話が懐かしく思い出される。

ありがたいことに、ワシントンDCでのロビイ外交の重要性について僕の動きを紹介していただいた。いまの僕の立場を考えると、名を挙げられなくても良いのに。安倍総理の人としての優しさ、政治家としての器の大きさに感激した。

読み終えて感じたのは、安倍総理は真に闘う政治家だったことである。生涯をかけて総理は国のために闘い続け、その真っ只中に天に召《め》された。本書を読んだ多くの人の心に安倍総理はまた新たに種子を蒔かれた。

三月十一日、僕は六十歳になった。まさか、刑務所で還暦を迎えるとはね。僕が初めて選挙に出ようと決意したのは二十七歳の時。キャッチフレーズは「若さと情熱で理想の政治を！」だった。既存の政治に対する燃えたぎる怒りと改革への意欲がみなぎっていた。

でも、いまでも僕の精神年齢はあの頃とあまり変わっていない気がする。『銀河鉄道999』の映画で、主人公の鉄郎はメーテルから「若者はね、負けることは考えないものよ。一度や二度しくじっても、最後には勝つと信じて」と教えられる。

今回の件で、これまで三十年間積み上げてきた僕の政治家としての実績は全てチャラになってしまった。いま僕の前にはまっさらな白紙が広がっている。それは、人生の新しい出発を意味する還暦を迎えた僕に相応《ふさわ》しい光景である。若き日の僕が全くゼロから政治の道を歩き始めたように、またゼロからやり直したらいいだけじゃないか。

松本零士先生はこう仰った。

「夢を持ち続ければ、時間が必ず夢を叶えてくれる。時間は夢を裏切らない。夢もまた時間を裏切ってはならない」――。

第四章

独房読書

二〇二三年三－四月

父から母へのラブレター

二〇二〇年六月に逮捕されて以来、保釈されていた三カ月を除き、僕は毎日塀の中で日記をつけている。去年の誕生日の三月十一日には、刑務所まで面会に来てくれた妻がアクリル板の向こうから、お祝いに「Happy Birthday to You」を歌ってくれた。僕は思わず泣いた。

すると、妻はその場でササっと蠟燭《ろうそく》が灯《とも》ったバースデーケーキの絵を描いてくれた。僕はさらに泣いてしまった。

その日の日記には、「来年の誕生日まであと一年もここにいる現実に気づき、心がしおれてくる」と率直な心境が綴《つづ》られ、「でも僕よりもっとあんりさんの方が辛《つら》いんだから、僕がしっかりとリードして引っ張っていかなきゃいけない。頑張るぞお」とカラ元気で結んであった。

今年も妻は誕生日のお祝いに来てくれた。去年と同じように、アクリル板の向こうでササッと描いてくれたケーキに、今年は60と描いた蠟燭が誇らしく立っていた。妻が歌う「Happy Birthday to You」にまた胸を熱くしたけれど、今年は涙を堪《こら》えた。

その晩、妻から誕生日祝いのカードが届いた。

「あなたはこれから、年齢とか、常識的な限界とか、形式的なもろもろとか、そういういろんなものに囚《とら》われず、それを乗り越えて、まだ誰も見たことのない、全く新しい日本人の生き方を世の中に示していってね。一身二生《いっしんにしょう》。または一身三生。二生め、三生めがより一層面白く、興奮できて、熱中できて、のびのびできて、充実感でいっぱいになりますように」

面会で我慢していた涙が滂沱《ぼうだ》と流れた。

「一年前の僕」に会えたら、ぜひ言いたい。この一年、毎日頑張ってくれてありがとう。いまの僕がこうして元気でやっていられるのは君のおかげだ。しぶとく闘い続けてくれた「一年前の僕」よ、本当にありがとう、と。

電報で知らされた父の死

刑務所では毎月、「誕生日会」が開かれる。コロナ禍の前は体育館で全工場合同開催だったそうだが、いまは各工場でこぢんまりと行われている。

僕の所属する図書計算工場で三月生まれは僕だけなので、昼休憩後、工場の食堂に一人残り、特別に視聴が許されるテレビ番組を見ながら、チョコレートのショートケーキと無糖のブラックコーヒーをいただいた。番組がなぜかいつも「笑点」なのが面白い。

だが、同衆たちが作業に戻っている横でゲラゲラ笑ってはいけない。ただただ黙々と画面を眺めつつ、静かに食べて飲むのだが、今回は大ファンの「チコちゃん」が特別に参加した収録だったので、声を出さずに笑って楽しんだ。

昨年の誕生日会の日は辛かった。一生忘れることができないだろう。

あの日、三月二十九日、僕は外部の医療機関で定期健診を受けるため、朝のうちに刑務所を出た。受診を済ませ、センターに戻ると、昼メシどきを過ぎていたので、「誕生日会」は工場でなく、取り調べ室のような狭い部屋だった。

「笑点」もないので出されたケーキをぱくぱくと食べた。それから工場に戻されて、しばらくいつものように作業していると、普段あまり見かけない管理職が二人やってきて、さっきまで一人誕生日会をしていた小部屋に連れて行かれた。

いかめしい表情で、「実は至急知らせることがある。私から言うより、この電報を読んだら分かるから」と言われた。訝《いぶか》しく思いながら開いた電報には、父が亡くなったことを知らせる妹夫婦の言葉が並んでいた。

その後のことは覚えていない。多分そのまま工場に戻り、いつもどおりの作業をしたんだろう。思い出そうとすると涙が止まらなくなる。

「政治家と役者は親の死に目に会えないものだ」と先輩からよく聞かされていた。個人的な悲しみよりも、人々に示す公の責務を優先しないといけない立場だからだ。

僕は母が息を引き取った時にもそばにいてあげられなかった。入退院を繰り返していた母が亡くなったのは、二〇〇五年八月、郵政選挙の公示日直前だった。当時、外務大臣政務官だった僕は、日本の国連安保理常任理事国入りの選挙運動のため、外国出張を頻繁に命じられていたので、ほとんど日本におらず、闘病中の母の顔を見に行くこともあまりできなかった。大変寂しい思いをさせてしまっていた。

母からの叱咤

そして衆議院が電撃的に解散され、ようやく地元に戻った僕は母に寄り添おうとした。そんな僕を母はこう叱咤《しった》した。

「たとえ私の病気が治っても、克行が選挙に落ちたら私は嬉しくない」

もう死期を悟っていたのだろうか。その母にここまで言われた僕は、後ろ髪を引かれる思いで地元をがむしゃらに回った。母が亡くなったのはそれから数日後、僕が選挙区で挨拶回りをしている最中だった。

父は母が大好きだった。母が亡くなった後、一人暮らしをしていた父の家は母の服で足の踏み場もないほどだった。僕は何度も母の遺品を片付けるよう父に奨めたけれど、毎回、色をなして反対された。

父が亡くなった後、遺品を整理していた妹が、母との思い出を認《したた》めた文章を見つけて獄中まで送ってくれた。

「聰子《としこ》との出会いについて」と題された文章は、母と出会った時の情景から始まり、僕と妹が生まれた時のこと、「私にとって聰子は太陽の存在であった。聰子あっての自分があると思っている」と結ばれた、親父からお袋へのラブレターだった。

さて、塀の中での読書が七百冊を超えた。なお、漫画や娯楽系の雑誌はこの中に含まれていない。子供の頃から本を読むのは好きだったが、こんなに大量の本を集中的かつ幅広く読んだことはなかった。「もっと早くこの本と出会っていれば人生がもっと豊かになったのに」とか、「このことを知っていたら、安倍総理からの海外出張へのご指示の意味をもっと深く理解できたのに」とか、後悔することしきりである。

僕は小菅《こすげ》の東京拘置所での収容が三百八十四日。受刑者になってからが、この三月末日で五百三十日。合わせて九百十三日間、塀の中にいる。

吉田松陰《しょういん》先生は、萩・野山獄《のやまごく》に幽閉されていた時、「私はたった一間《いっけん》しかない窮屈な牢屋に起居している。だが、毎日、毎晩、五大州を私たちの国のものにする野望を思い描いている」「私は、あらゆる国に航海しなくても、一室に閉じ込められていても、広大な心構えになることができる。これこそ、学問に励んだおかげなのである」と『講孟余話《こうもうよわ》』に認められた。松陰先生には遥かに及ぶべくもないが、僕が九百日以上の独房生活で心を保ってこられたのは、本が支えの一つであることは間違いない。僕を励まそうと本を送り続けていただいている方々に心から感謝をしている。

米中開戦のシナリオ

たくさん読んだ書籍のなかから、今回は専門の国際政治学・安全保障学の本をご紹介したい。まずは僕が指導を受ける大学教授による指定図書から。

国際関係論の名著、ジョセフ・ナイとデイヴィッド・ウェルチによる『国際紛争：理論と歴史』（有斐閣《ゆうひかく》）は、紛争が起きた理由を、指導者・国家・世界システムの各層から分析し、リアリズムやリベラリズムといった理論が紛争をどう読み解いてきたのかを述べている。

グレアム・アリソン『米中戦争前夜』（ダイヤモンド社）は、有名な「トゥキディデスの罠《わな》」に米中が陥《おちい》り、開戦に至る可能性をいくつかの具体的なシナリオで示している。

篠田英朗『国際紛争を読み解く五つの視座』（講談社）と千々和泰明《ちぢわやすあき》『戦争はいかに終結したか』（中公新書）は、現代の国際紛争の「見方」を教えてくれる。戦争は始めるよりもいかに終わらせるかが重要であるとの指摘は、ロシアのウクライナ侵攻を見ると、胸に迫ってくる。

千々和による『戦後日本の安全保障』（中公新書）は、日本の国防態勢がいかに特異なものであるかを説く。米中の戦略関係では、佐橋亮《さはしりよう》『米中対立』（中公新書）が米の戦略転換の経緯を鮮やかに描いている。

現代のテクノロジーと戦争については、布施哲《ふせさとる》『先端技術と米中戦略競争：宇宙、ＡＩ、極超音速兵器が変える戦い方』（秀和システム）が秀逸だ。わが国が防衛戦略を大きく転換せざるを得なくなった背景を技術面から考えることができる。

核戦略と核軍備管理については、前にも紹介した秋山信将《のぶまさ》・高橋杉雄編『「核の忘却」の終わり：核兵器復権の時代』（勁草《けいそう》書房）のご一読をお勧めする。オバマ政権誕生の頃に盛り上がった観念的な核廃絶論が影響力を失い、核による均衡が大国間の平和をもたらすという現実論が再び台頭してきた状況を冷静に分析する好著だ。

サイバー攻撃関連では、日本人の筆によるものよりも米国の研究者やジャーナリストの著作の方が圧倒的に優れている。こんなところにサイバー戦争能力の日米較差《かくさ》が反映されている気がする。デービッド・サンガー『サイバー完全兵器』（朝日新聞出版）、ニコール・パーロース『サイバー戦争：終末のシナリオ（上・下）』（早川書房）は、サイバー空間を巡る米・英・露・中・イラン・北朝鮮のせめぎ合いを臨場感あふれる筆致で教えてくれる。

安倍総理の差し入れ本

安倍総理が提唱された「自由で開かれたインド太平洋」構想に関する書物もご紹介したい。

豪の安全保障戦略の第一人者であるローリー・メドカーフ『インド太平洋戦略の地政学』

（芙蓉書房出版）は、日・米・印・豪・ASEAN・欧州そして中国の近年の動きを述べることで、安倍総理の構想が誕生した背景を分析している。

ビル・ヘイトン『南シナ海：アジアの覇権をめぐる闘争史』（河出書房新社）は、関係諸国の政治・外交・軍事・経済・文化を先史時代から現代まで豊富な事例で紹介し、南シナ海が決して中国の占有物ではない歴史的事実を明らかにする四百ページ近い労作である。

安倍総理の偉大な外交を正面から捉《とら》えるのは、CSIS（戦略国際問題研究所）上級副所長のマイケル・J・グリーンによる『LINE of ADVANTAGE』（未邦訳）だ。ワシントンDC指折りのジャパンハンドラーであるグリーンが、弥生《やよい》時代まで遡《さかのぼ》り日本人の対外意識を繙《ひもと》き、日本外交史における「安倍ドクトリン」の独自性と国際政治における普遍性を説く意欲作だ。僕はワシントンDCに行くたび、彼を訪ねた。平和安全法制をめぐる彼やカート・キャンベル元国務次官補との情報交換は大変有益であった。

そのCSISが一月に公表した『The First Battle of the Next War』は、想定される中国の台湾侵略のウォーゲームだ。刺激に満ちた内容で僕も一気に読んだ。

日本政府の政治的・軍事的協力の度合いが米中軍事衝突の帰趨《きすう》を決めること、日米台連合軍は勝利するが損失も甚大なこと、停戦は単に米中戦争の第一幕にすぎないことなどが述べられている。こういう危急《ききゅう》の時こそ、安倍総理にこの国を率いていただきたかった……。

中国による台湾侵略については、兼原信克《かねはらのぶかつ》・岩田清文らによる『自衛隊最高幹部が語る台湾有事』（新潮新書）と『君たち、中国に勝てるのか』（産経新聞出版）。兼原さんは元外務官僚から内閣官房副長官補に。官邸でよく聞いた、国を思う熱い口調が懐かしい。

昨春安倍総理が妻に託して差し入れてくださった兼原氏の『安全保障戦略』（日本経済新聞出版）は専門知識と経験を駆使して書かれており、読み応えがある。

ロンドン大学キングス・カレッジで戦争学を修めた石津朋之《いしづともゆき》『戦争学原論』（筑摩選書）は、人類はなぜ戦争を行うのか、という根源的な問題を学際的、学術的に考えている。冒頭引用される古代ローマの金言「平和を欲すれば戦争に備えよ」が今日の日本にこそ重く響く。

最新の世界の動きを知るために、米の外交専門誌『FOREIGN AFFAIRS』を毎月妻から送ってもらっている。日本語版三月号で、ブルッキングス研究所のロバート・ケーガンが「大国間の紛争と独裁が人類の歴史の規範であり、自由主義的平和は束《つか》の間の出来事だった」と述べたことは、僕の問題意識を強く掻《か》き立てた。

戦後七十八年、自由主義陣営による平和保障にどっぷり浸《つ》かってきた僕たち日本人は、それが「束の間の出来事」ではなく、「歴史の常態」であると勘違いしているのではないだろうか？

三月末、国会議員時代の僕の仲間が激励に来てくれた。そのうちの一人は、僕に読ませようと九冊もの分厚い専門書をリュックに背負ってきてくれた。彼らの持ってきてくれる「課題図書」を今日も僕は独房で繙く。

二〇二三年四―五月

アクリル板越しの結婚記念日

四月二十日は僕らの結婚記念日だ。その日の朝、僕は、二〇〇一年のあの麗《うらら》かな春の日に広島の平和記念聖堂で挙げた結婚式のことを思い出していた。妻のあんりが一人ひとりの参加者に丁寧にお辞儀してにこにこと話しかけていた姿を。

披露宴で媒酌人《ばいしゃくにん》をお願いした橋本龍太郎先生も、結婚式の証人を務めていただいたカトリック信者の地元後援会役員ご夫妻も、そして僕の両親も、いまはもうこの世にいない。思わず涙が溢《あふ》れ出る。

僕は妻に何をしてあげられただろう。僕と一緒に歩む決意をしてくれた妻の人生を僕は壊しただけじゃないのか。自問自答をした。

その時、僕は教会で神様に誓ったことをはたと思い出した

「僕を夫として選んでくれたあんりさんを命懸けで幸せにします。神様どうか見守ってください」

なんてこった。結婚して二十二年来、僕はこの誓いを未だ果たしていないじゃないか。俺は一体、何やってきたんだよ。

妻は幼い時から「世のため人のために尽くし、社会に貢献したい」と願い、公のための仕事をするのだと心に決めていた、ちょっと不思議な人だ。

僕も小学生の時から政治家になるのに憧れていたけど、僕が「なんとなく」だったのに比べ、妻の志《こころざし》は高かった。そんな妻の幼少期からの夢が叶い、参院選を勝ち抜き、期待の女性国会議員として活躍を始めようとした矢先、僕は妻の政治家人生を台無しにしてしまった。

妻は僕の行為には全くかかわっていない。何一つ知らなかった。それなのに東京地裁は僕と妻が「共謀した」と決めつけた。地裁は検察の言いなりだというのは本当だ。僕は腰が抜けるほど驚いた。妻は全くの無実、完全な冤罪《えんざい》だ。僕はこの真実を死ぬまで言い続ける。

溢れる懺悔の涙

だが妻は僕の事件に巻き込まれた後、メディアの取材に応じていない。「何を言っても、どうせ正確に取り上げられないし」と達観しているのだろう。

それに、「私は生まれた時から自民党員だから」と口癖のように言っていた妻は、言葉尻を捉えた報道で、党や恩義のある安倍総理、菅総理にご迷惑をかけることは絶対するまいと心に決めているんだと思う。

でも、どんなにか自らの潔白を大声で叫びたかったろうか。元来が臆することなくはっきりとモノを言う人だ。悪意のある報道に反論も抗議もしなかったのは、どれだけ悔しくて辛かっただろうか。名誉を不当に貶《おとし》められ、死ぬほど辛い思いを味わっている妻を守ってやることもできず、僕はただただ獄中で懺悔《ざんげ》の涙を流し続けることしかできなかった。

現職の国会議員の頃、僕は安倍総理の命を受けて、毎月のように海外に出かけていたから、地元選挙区の「草取り」は妻に任せっぱなしだった。僕の後援会を作ってくれたり、すぐに有権者と喧嘩して帰ってくる僕の不始末を謝りに回ってくれたり、僕のモラハラで傷ついているスタッフの心を和《なご》ませたり、僕の尻拭《しりぬぐ》いばっかりしてくれていた気がする。

だいたい、落選中のところにお嫁に来てくれるなんて、誰にもできない芸当だ。

結婚後、妻は広島の県議会議員となったけれど、自分が表に出るというよりは、僕を一人前の国会議員にしたいと、影となって常に僕を支えてくれていた。僕は妻に甘えっぱなしだった。

僕の地元・広島三区は何度も集中豪雨に見舞われた。そのたびに妻は、昼間は炎天下の被災地を防災服で泥まみれになりながら、行政が対応できていない課題を聴いて回り、役所に掛け合った。夜は避難所を回って、消灯時間になるまで被災者を励まし、その想いや要望にじっと耳を傾けた。

僕がもう帰ろうよと言っても、妻は一人ひとりの前に跪《ひざまず》き、被災者の手を握り、背中をさすることをやめない。僕はその姿から、政治家の何たるかを教えられた。

そしてこの、志も能力も政治的センスも兼ね備えている妻が、僕と結婚したばかりに政治家としての可能性を摘《つ》まれることがあってはならない、と考えるようになっていった。

選挙中、眼球に麻酔を

二〇一九年、そのチャンスが妻に巡ってきた。自民党が広島県参院選挙区に二人目の候補として、河井あんりを指名したのだ。僕はしゃかりきになって活動した。党への深い愛と政治家としての妻への強い期待。僕の尻拭いばかりさせてきた妻が、ようやく表舞台に立てる。

だが僕のやったことは、あべこべに妻を不条理で理不尽な目に遭わせてしまった。

そして僕はいま刑務所にいる。

本当は、質・量ともに驚異的な妻の選挙運動さえあれば、彼女は当選したはずだった。街頭演説は三カ月で三千カ所、配った名刺の数十五万枚。

夏、その桁外《けたはず》れな街頭活動のおかげで、彼女は眼球を焼き、選挙中は人知れず両目の激痛にのたうち回り、毎晩選挙カーを降りた深夜、眼球に麻酔を打って凌《しの》いでいた。当時、頼んでいた選挙プランナーが妻の活動ぶりを見て、「日本一活動している候補者だ」と言っていたほどだ。僕は全く余計なことをしてしまった。

妻はもうあの件に全く触れたがらない。広島県連からの卑劣《ひれつ》な嫌がらせや集団いじめを相手にせず、気高く潔《いさぎよ》く戦い抜いた参院選の記憶も封印してしまっているようだ。

でもそんな妻がたった一度だけ、心のなかの思いを僕に吐露したことがある。妻が僕の所業の一切を初めて知ったのは逮捕された東京拘置所、自分の独房の中だった。彼女は絶句して、思わずぐらりと倒れ込んだという。

そんな妻が、のちに保釈された僕に対し、目にいっぱいの涙を浮かべてこう訴えたことがある。

「あなたは私を信じていなかったのね。私は有権者を信じていたのに。あなたは私のことも有権者のことも信じていなかったのね。だからあんなことを……」

そして彼女はわんわんと泣いた。それはもう、天が壊れそうな悲痛な泣き声だった。僕はうなだれたままだった。あれほどまでに悲しい泣き声を僕は忘れることができない。そんなろくでなしの夫の僕なのに、妻はいまなお献身的に支え続けてくれている。

一昨年の一審判決後、再び東京拘置所に収容されていた間、平日は八十日程度あるなか、たった二十分間の面会のために七十一回も彼女は小菅に通ってくれた。

面会所では明るく振る舞い、僕が少しずつ心構えを作っていけるように、さまざまな教示をしてくれた。週末や祝日には僕が寂しがると思ったのだろう、電報を五十五通も送ってくれたし、本や衣類や食料の差し入れは数えきれない。ここ喜連川《きつれがわ》に移ってきてからも、面会は四十回、手紙は九十通、差し入れは七十回以上に及ぶ。僕は妻の支えによって生きて来られた。

四月二十日の結婚記念日、妻は今年も来てくれた。

「二十二年間の感謝を思いっきり表すぞお」と意気込んだ僕は何度もリハーサルしたとおり、「結婚記念日おめでとう！　これまで本当にありがとう！」と言って、安室奈美恵《あむろなみえ》の「CAN YOU CELEBRATE?」を歌った。

アクリル板の向こうで微妙な顔をしてじっと聴いていた妻は、僕の歌が終わるや、「私、ホントにめでたいのかなァ」とニヤリと笑いながら答えた。妻らしい反応だ。話すうち、妻がぽつりと「ディナーに行ってたねえ」と言った。僕は胸が詰まった。

僕たちは毎年、記念日のディナーを欠かしたことがなかったのだ。

「これまではね、支えてもらってばかりだったから、これからは僕が支えるよ。僕と結婚して良かったと思えるように頑張る。僕らはこれから始まるんだよ！」

元気づけようと勇ましいことを言う僕に上目遣《づか》いをしながら「ホントかなァ」と返す妻はすっごく可愛らしかった。

続々届く、熱いエール

さて、四月も多くの方々から励ましていただいた。僕が二十八歳で県議に当選した時から地元・安佐南区《あさみなみ》で応援いただいている後援会女性部の方からは、「河井先生、元気を出してくださいよ。再び私たちのために頑張っていただくことを多くの皆さんが待っているんですからね」とメッセージが届いた。

また、安佐北区のある男性支持者は「地元のことを相談できる国会議員がいなくなって残念だ」と、最近僕の元秘書に語られた。

いまでもお心を寄せていただいていることに感無量だし、お役に立てないことが申し訳なくて悔しい。

そして、前に紹介した、安倍総理と中堅若手の国会議員グループとの食事会を催した僕の行きつけの新橋の広島お好み焼き屋さんからも。

安倍総理への追慕《ついぼ》を切々と語るお手紙を頂戴した。国葬儀に何時間も並んで一般献花に行ったこと、コロナが明けてからは「安倍総理の来た店だ」とたくさんのお客さんで溢れていることなどが書かれ、花田編集長がYouTubeでこの連載を読み上げられ、「『河井さんの心情を思うと泣けてくる』と泣き崩れたのを見て自分も涙しました」とあった。

安倍総理が大きく口を開けてお好み焼きを頬張《ほおば》られる写真などが添えられていた。あの日を思い出した僕は涙が止まらなかった。

東京で一番美味しい広島お好み焼きを出すその店こそ、新橋四丁目柳通りに面した「ＨＩＤＥ《ヒデ》坊《ぼう》新橋本店」だ！　安倍総理がお食べになったのと同じコース料理、「安倍ちゃんサンキューセット」が待っていますよ。

花田編集長から今月も届いた激励のお手紙には、月刊『Hanada』に連載されている重村智計《としみつ》早大名誉教授が僕の連載を毎号楽しみにしてくださっているとのありがたいお言葉が。さらに五月号の「読者から」欄には、広島県の方から「カムバックして日本の再生に尽力してほしい」との熱いエールが寄せられていた。

三十数年前、僕が広島県議会議員の頃に提唱した瀬戸内海架橋《かきょう》構想を覚えていただいていたことに感激した。人とのご縁の不思議さに驚くとともに、花田編集長の漢気《おとこぎ》によって、僕を励ます輪を広げていただいていることに感謝でいっぱいだ。

宇宙一素晴らしい女性

四月二十日、面会に来た妻が帰った後の夕刻、まだ夕焼けが広がる前の明るさに包まれた独房——四月初旬、図書計算工場は全員が引越したのだ。僕は最上階の陽が当たる部屋に移った。喜連川に来て一年半。何度か居室は替わったけれど、陽の光が差し込む部屋は初めて。明るくて暖かくて、ほんとに幸せを感じている。これまで暗くて寒い房でよくやってこられたなあ——で、僕は結婚記念日の感謝を捧げる一人ミサを挙げた。小机の上に、妻の写真や手紙、はがき、電報を並べた。

小菅の東京拘置所時代に妻が送ってくれた電報を久しぶりに開くと、僕をなんとか励まそうと努める妻の言葉の数々に胸が熱くなった。そして二十二年前、広島の幟町《のぼりちょう》教会の結婚式で朗読したのと同じ『ルカによる福音書《ふくいんしょ》』第五章を小声で読んだ。

湖畔に立つキリストがペテロたち漁師に対し、「もう一度、沖に漕《こ》ぎ出して網を下ろし、漁をしなさい」と諭《さと》された美しい情景だ。聖歌をいくつかひっそりと口ずさんだ。

妻への感謝の思いと、宇宙一素晴らしい女性と巡り合わせてくださった神様への感謝が溢れ出て、涙がぼろぼろぼろぼろと流れた。どうも最近、涙もろい。僕は涙を拭《ふ》きながら思った。

「たとえ一億回謝っても、あんりさんは喜ばないよ。いくら謝っても現実は変わらない。むしろ僕がやるべきなのは、一生十字架を背負ったうえで、これからあんりさんを守り、支え、幸せにすることだ」と。

この日、僕は受刑五百四十六日を迎え、刑期はちょうど五〇％に達した。

二〇二三年五―六月

動きだした〝受刑者脳〟

おかげさまで五月も千客万来だった。竹中平蔵元総務大臣にお越しいただいたことは、僕のなかで小さくなっていた「政策」という炎を再び燃え立たせた。

国会議員の時、竹中先生としばしばお会いするたびに知的興奮を味わった。星の数ほどある社会的課題のなかで、いま竹中先生が何に注目されておられるかを知ることは、「政策」の海を渡っていた僕にとっての「灯台」の役割を果たしてくれた。

法務大臣就任後、竹中先生を大臣室にお招きした。新任大臣として当時の僕の抱負の一つは、刑事施設などを管理する現場官庁である法務省を、時代の変化を先取りする「政策官庁」へと大胆に脱皮させることであった。

竹中先生との意見交換に刺激を受けた僕は、AI、ブロックチェーン、企業統治、デジタルなどを総合的に議論する、大臣の私的勉強会の設置を事務方に指示した。霞が関のなかで最も保守的と言われる法務省を変えてみたかった。僕は意欲に燃えていた。

でも今日は、あの広い大臣室、皇居前広場を眼下に望む、あらゆる各省庁大臣室のなかでも最高の眺望《ちょうぼう》を誇るあの部屋ではなく、刑務所の狭い面会室だ。しかもアクリル板越し。そこで竹中先生は、生成AI、ニュースのSNSプラットフォーム化、グローバルサウスなど、最近の社会の変化について「講義」を始められた。

閉塞《へいそく》していた〝受刑者脳〟が突然ガーッと猛烈な勢いで回り始め、意識が覚醒していくのが分かる。竹中先生を慶應時代の恩師と仰《あお》ぐ妻が、先生と僕の対話をニコニコと微笑みながら聞いている。豊かなひとときを僕は満喫させていただいた。

別の日、また国会の仲間が激励に来てくれた。中堅代議士として党を支えている報告が頼もしい。僕を「兄貴」と慕《した》ってくれる気持ちが嬉しいんだけれど、そう言ってもらえるほど彼らの面倒を見てあげたんだろうか。そのうちの一人は自民党の法務政策責任者だ。この「獄中日記」を読んで、刑法改正後の刑務所のあり方に問題意識を持ってくれたと言う。

僕が面会で差し入れを希望した本を、次に来る国会議員が運んできてくれる、というありがたい仕組みも始まっている。今回頼んだ本は、次、誰が持ってきてくれるのだろうか？

塩野七生作品をほぼ読破

これまで拘置所と刑務所で読破した書籍七百五十冊から僕のおすすめをご紹介したい。国際政治・安全保障関連でごく最近に読んだのは、クリス・ミラー『半導体戦争』（ダイヤモンド社）、中澤克二《かつじ》『極権・習近平』（日経ＢＰ）、Ｈ・Ｒ・マクマスター『戦場としての世界』（日本経済新聞出版）の三冊。いずれも仲間の国会議員がここまで担《かつ》いできてくれた本だ。感謝している。

はじめの一冊は、第二次世界大戦後から今日まで、国際政治・世界経済・軍事力の優劣を決定づけてきた立役者は半導体であることを、百人を超える取材を通して明らかにした労作である。松下政経塾に入った一九八五年、同期生と一緒に、当時隆盛を誇っていた「日の丸半導体」をめぐる日米摩擦のケース・スタディを行ったことを懐かしく思い出した。

それにしても、なぜこうした優れた著作が日本人研究者から生まれないのだろうか。この分野での彼我《ひが》の較差が研究にも表れているような気がする。

二冊目の『極権――』は煽情的《せんじょうてき》な〝反中〟本ではなく、数々の貴重な内部情報を駆使して「習帝国の衰え」を冷静に分析している。

そして三冊目。オバマ大統領時代、ホワイトハウスに足繁く通った僕が抱いていたあの政権の対中政策への違和感を、トランプ大統領の国家安全保障担当補佐官だったマクマスターが、「戦略的ナルシシズム」と一刀両断に表現してくれた。そう、その切り方なんだよと、おかげでモヤモヤしていた気分がスッキリした。

一方でマクマスターは、トランプ政権の対外政策の功罪も的確に述べている。その姿勢に職業軍人の矜持《きょうじ》を見た。日本でもよく紹介される一部の米欧リアリストたちの主張――米国が海外での関与を止めれば世界は平和になる――が、いかに世界の現実から遊離しているかも喝破《かっぱ》している。

旬の研究者、小泉悠《ゆう》の『現代ロシアの軍事戦略』（ちくま新書）からは、ロシア軍の思考様式を学んだ。森万佑子《まゆこ》『韓国併合』（中公新書）は大韓帝国からの観点を提供してくれた。

世界史も勉強した。もっと早く学んでいたら、各国要人との会話や会食をより実りあるものにできたのにと反省しつつだ。塩野七生《ななみ》さんの著作は『ローマ人の物語』『ギリシア人の物語』（ともに新潮社）からエッセイに至るまでほとんど全て読んだ。カエサルの男ぶりにわくわくし、アテネの政体変更と「トゥキディデスの罠《わな》」に陥る悲劇、アレクサンダー大王の勇壮さ、ベネチアとオスマン帝国の興亡、十字軍遠征の実態などを楽しみながら学べた。

山室信一他編『第一次世界大戦（全四巻）』（岩波書店）を読み、日本にとっては縁遠い第一次世界大戦が、実は第二次世界大戦だけでなく、現在の国際秩序形成の揺り籠《かご》であったとの認識を得た。

自分がいまここにある奇跡

人類史にも興味を抱いた。ホモ・サピエンスとネアンデルタール人、デニソワ人との交雑を指摘する篠田謙一『人類の起源』（中公新書）は、日本人のルーツを明らかにする。海《かい》部《ふ》陽介『サピエンス日本上陸』（講談社）は、僕たちのご先祖さまの大冒険を実験航海で解明する。

伝記・人物評伝では、ポール・ジョンソン『チャーチル』（日経BP）、ニクソン『指導者とは』（文春学藝ライブラリー）、ドナルド・ラムズフェルド自伝『真珠湾からバグダッドへ』（幻冬舎）に刺激を受けた。スティーヴ・バノン氏ら旧知の人たちが登場するボブ・ウッドワードのトランプ大統領三部作『FEAR』『RAGE』『PERIL』（邦訳はいずれも日本経済新聞出版）も面白かった。

国内では、瀧井一博『大久保利通《としみち》』（新潮選書）、早坂隆『永田鉄山《てつざん》』（文春新書）。僕が長年ご指導いただいた岩見隆夫さんの『昭和の妖怪岸信介』（中公文庫）も力作だ。

海外出張から戻るたびにご報告に上がり、特に日米外交でひとかたならぬご支援を賜《たまわ》った葛西敬之《かさいよしゆき》先生の『日本のリーダー達へ』（日経ＢＰ）には深く感動した。葛西先生は真の「国士」だった。読了して改めて葛西さんの偉大さと喪失感の巨大さを思った。出所したらすぐにご挨拶に伺いたかったのに……。

岡本行夫さんの自伝『危機の外交』（新潮社）も素晴らしい。オフィスによくお邪魔した時のことを思い出す。ダイビング中にご自身で撮られた美しい海中写真が壁にかかる部屋で、指を組んでゆっくりと話される低音の語り口が格好良かったなあ。

狭い省益ではなく大きな国益のために行動された岡本さんの国を憂《うれ》うる熱い想いが、文章からほとばしっている。

宗教・哲学では、ヴィクトール・フランクル『夜と霧』（みすず書房）、渡辺和子シスターの著作群――『目に見えないけれど大切なもの』（ＰＨＰ文庫）など――が心に残り、リチャード・ホロウェイ『若い読者のための宗教史』（すばる舎）はためになった。「アウシュヴィッツでは一日が一週間よりも長く感じられる」というフランクルの言葉は、いまの僕の気持ちを言い表している。政経塾卒塾以来、久しぶりに松下幸之助塾主の『道をひらく』（ＰＨＰ）を読み返した。岡本太郎の言葉――『自分の運命に楯《たて》を突け』（青春文庫）など――には闘うエネルギーがほとばしる。保釈中、妻と訪れた南青山の記念館で買い求めた彼の著作の言葉を僕は日々の糧《かて》としている。

大好きな宇宙分野では、収監された後も励まし続けていただいている毛利衛《もうりまもる》さんの『わたしの宮沢賢治』（ソレイユ出版）で心を高め、宇宙の美しい大判写真を眺めて頭のなかで宇宙旅行を楽しみ、野村泰紀《やすのり》『なぜ宇宙は存在するのか』（講談社）で自分がいまここにある奇跡を思った。

小説は時間と空間を超えた旅に連れ出してくれる。一番好きな作家は沢木耕太郎だ。『深夜特急』シリーズから『天路《てんろ》の旅人』まで胸躍らせたし、『旅のつばくろ』シリーズ（いずれも新潮社）も。旅にまつわる作品は何度も何度も読んだ。

吉田修一の『国宝』（朝日新聞出版）と『横道世之介《よこみちよのすけ》』シリーズ（文春文庫）、澤田瞳子《とうこ》の『輝山《きざん》』（徳間書店）と『若冲《じゃくちゅう》』（文藝春秋）も良かった。百田尚樹さんの『輝く夜』（講談社文庫）には泣かされた。

東山彰良《ひがしやまあきら》『流《りゅう》』（講談社）も秀作だし、気鋭《きえい》の作家では、『地図と拳《こぶし》』（集英社）、『ゲームの王国』（ハヤカワ文庫）の小川哲《さとし》に注目している。重松清『赤ヘル1975』（講談社文庫）には、僕が中学一年の時、カープが初優勝した広島の街の空気がよく再現されていた。懐かしさがたまらなく蘇《よみがえ》り、「もう三年半以上、地元に戻れていないんだなあ」と寂しさが込み上げた。

G7広島サミットへの違和感

そして遠藤周作である。日本の風土におけるローマ・カトリック信仰の在り方を問い続けた作品群を僕は貪《むさぼ》るように読んだ。

実は僕は、あの名作、『沈黙』（新潮文庫）を拘置所に入るまで読んだことがなかった。独房であの作品を読んだ時の衝撃をご想像いただけるだろうか。主人公が「転んだ」後の、そして最後の表現は圧巻である。

人間の強さや信仰の価値は決して表面的なものではない、ということを示してくれたこの作品は、教会に行けず、ただロザリオを手に、ひとり房の中で神への祈りを捧げ続ける僕の隣にそっと寄り添ってくれた。

この作品は神からの一筋の光明を示してくれる。人間は葛藤《かっとう》し、悶《もだ》え、そして失敗する。

しかし、そのなかにも救いがある。だからこそ人間は美しく、感動を呼ぶのである。失敗と救い――。こうしてかの作品に思いを馳《は》せていると、僕には亡き安倍総理の言葉が思い出されてくる。

「なぜ不可能と言われた総理への再登板が可能となったのか。もう安倍晋三は終わったと、みんな思っていたのに。それはただ一点、決して諦《あきら》めなかったからであります。そして、諦めない勇気をもらったからなんです。諦めないことが大事です。そして、できると思う自信がとても大切だと思います。これからの人生、失敗はつきものです。人によっては、何回も何回も何回も失敗するかもしれない。でも大切なことは、そこから立ち上がることです。そして、失敗から学べればもっと素晴らしい。どうかチャレンジして、そして失敗しても立ち上がってください――」(二〇二一年度近畿大学卒業式でのご祝辞)

刑務所に収容されている僕は、何度この言葉に救われてきただろうか。安倍総理は、人間の可能性、人間の生きる意味の真理を諭してくださったのだった。血反吐《ちへど》を吐くような苦しみを経験した人からしか得られないこの珠玉《しゅぎょく》の言葉を、僕は毎日噛み締めている。

安倍総理が亡くなられてちょうど一年になろうとしている。僕の得た知己《ちき》、知的財産、一粒一粒が艶《つや》やかに光っている数々の経験の多くは、安倍総理からいただいたものであった。ふと、壮絶な寂しさが込み上げる。

安倍総理の不在が世界にいかに大きな損失を与えているかを改めて痛感させられたのは、先日行われたG7広島サミットである。〝ゼレンスキー劇場〟と化した広島サミットのさなか、僕は妻らが差し入れてくれた「核」の専門書三冊を一心不乱に読んでいた。

オバマ政権で国防次官補代理だったブラッド・ロバーツ『正しい核戦略とは何か』（勁草書房）、朝食勉強会をしたこともある岩間陽子政策研究大学院大学教授編『核共有の現実』（信山社）、僕が熱く注目している鶴岡路人《みちと》慶應義塾大学准教授『欧州戦争としてのウクライナ侵攻』（新潮選書）である。

どれも世界の現実を冷静に摑んだ核論議を展開する秀作ばかりだ。ロシアがウクライナを核で攻撃しないわけは、露ウ二国間の話ではなく、米露間での核抑止が功を奏しているからだ、との鶴岡氏の解説は実に分かりやすい。

欧州で核抑止力の重要性が強く認識されているいま、核武装した強権・独裁国家群に囲まれている国の指導者がNATO参加国を含むG7を集めて核廃絶を訴える――。

それを理想主義と呼ぶか、凄《すさ》まじいセンスと見るか。サミット賛美に狂奔したマスコミの論調を見ていると、日本はやはり世界の孤島なのだと思う。

だが、安全保障に精通した政治家であれば、NATO、特に米国の〝核の傘〟の実効性を理解していないはずがない。日本やウクライナがその抑止力に頼らざるを得ないことも。岸田首相あるいは日本政府は、セレモニーとしてのサミットに「ヒロシマ」という付加価値をつけるだけのために、被爆者の気持ちを弄《もてあそ》ぶべきではない。

被爆国の首相経験者でありながら、核共有の議論を提起された安倍総理が、政治家として抱かれていたリアリズムと責任感を改めて思い、僕は塀の中で激しい懐かしさと強い寂《せき》寥《りょう》に襲われた。

二〇二三年六―七月

思いがけぬ〝帰郷〟

安倍総理の一周忌を、僕は広島刑務所で迎えた。これまでに賜った数多《あまた》のご指導に感謝し、ご迷惑をかけたことをお詫びする祈りを、広島の独房で一人静かに捧げた。

喜連川から広島に移送されたのは、妻の参院選で僕が配ったお金を受け取った側、つまり受供与者の地方議員たちの裁判で証言に立つためである。彼らは自分たちの無罪をかけて裁判を行っている。

証人として出廷することを一度は了承したとは言え、広島地裁から届いた証人召喚状を見た時には、罪を償うために懸命に服役してきたのにまたも法廷に引っ張り出されるのかという思いで、僕の心はどんより曇《くも》った。拘置所勾留《こうりゅう》から一千日、社会と隔絶《かくぜつ》してきた僕はすっかり〝受刑者脳〟に陥って、後ろ向きの考えしか浮かばなかったのだ。

いつの頃からか僕は広島のことを考えないように努めてきた。服役を始めてからは、その日一日の心を保つことで精一杯だった。それでも地元・広島の記憶は心の底から絶え間なく湧き出す。

夜になれば、故郷の風景のなかで選挙を戦っている夢を見るし、昼間に工場で作業をしている間にも、地元で回っていた行事の光景がパッパッとフラッシュのように頭をよぎる。そのたびに僕は、思い出を封じ込めようとしてきた。

広島を思い出すと、妻や僕を応援してくださった皆様、そして妻自身をひどく傷つけた心の痛みが蘇ってしまうからだった。それでも止めどなく湧き上がる郷愁に悲しさと寂しさを抱きしめ続けてきた三年八カ月であった。

だが、移送は突然やってきた。六月十五日の朝食後、工場に出る準備をしていると、担当刑務官から移動の知らせを受けた。他の施設に移る前には、直接刑務所を出るのではなく、一旦、「移送前室」という部屋に移動するのだ。そして全ての私物を検査される。その部屋で三、四日過ごして、いよいよ出発だ。その時初めて広島刑務所に移ることが告げられた。

移送中の八時間半、無言

朝の八時半、喜連川の刑務所を出る僕を待っていたのは、どでかいバスだった。見た目は大型の観光バス。でも内部は特殊な改造がなされ、前からも後ろからも見えないように壁が作られ、窓にはスモークと分厚いカーテンが張られている。

受刑者がバスを降りてお手洗いに行かなくてもいいように、水洗ではないが簡易型トイレが後方の区画に設置されていた。特殊な人の護送のために法務省はこんなバスを持っていたのだ。同行の職員は四名。そのほかにベテランの運転手さんが二名、交代しながら運転する。

そのバスに八時間半も揺られて、僕らは夕方五時に名古屋拘置所に着いた。同行の職員は所々のサービスエリアでトイレ休憩をしたけれど、手錠をはめられて腰縄をつけられた僕はバスに乗りっぱなしだ。

手錠で手首が痛いし、縄はお腹に食い込むし、すぐ隣に刑務官が座っているので身動きは取れないしで、体はガッチガチだ。手錠については、鈴木宗男先生やホリエモンも「外部の病院に行ったときに手錠をかけられた」と、手記で文句を言っていた。でも、お二人の手錠は一、二時間のことだったろうけれど、僕は八時間以上で、それが二日間ですからね。

しかし、そんな僕よりさらに辛いのは、付き添っていた刑務官じゃなかっただろうか。若手の刑務官は一時間おきに交代して、僕の手錠が解《ほど》けていないか確かめながら座り続けなければならない。居眠りなんて言語道断。会話も禁止。車内は全員八時間半も黙りこくる無言の行だ。この人らにちゃんと出張手当を出したってください、齋藤法務大臣、よろしくお願いしますよ。

久しぶりに東京のスカイラインを眺められると楽しみにしていたのだが、風景はなかなか都会っぽくならない。尋ねると、北関東道で群馬に向かっている、とのことだった。そうか、中央道で行くんだなと思った。途中、横川SAらしきところで釜飯でなく鶏めしを弁当に買ってもらった。

葛西敬之氏が夢枕に

名古屋拘置所に着くと、刑務官がわらわらと大勢出てきた。さしずめ大臣・副大臣の頃、視察に訪れた時みたいな感じであった。

手続きをしている間も刑務官は大変親切丁寧。言葉遣《づか》いが良いのは、そうか、拘置所だからだ。

緑色に縦縞《たてじま》というモロに囚人服模様の居室パジャマを手渡され、東京拘置所を思い出した。独房は畳四畳だが、ずいぶん狭く感じる。畳が小さいのだろうか。官品の石鹸《せっけん》を使うと、その匂いで小菅の記憶が蘇る。そういえば、前日はちょうど逮捕から三年目だった。

その晩、僕は不思議な夢を見た。昨年逝去された葛西敬之《かさいよしゆき》先生が夢枕に立たれたのだ。しかも二回も。夢のなかの僕は、選挙に負けて再挑戦するために活動していた。ちなみに数日に一回はこの手の夢を見る。いつも選挙に負けている夢なんだ……。

僕は葛西先生のご自宅に伺い、負けたお詫びを述べている。そこで目が覚め、あっそうか、ここが名古屋だから、出てこられたのかと思う。またうとうとし始めると、今度は葛西先生が僕のワシントンDCでの活動について触れられ、「これからも頑張ってほしい」と励ましの言葉をかけてくださるという夢を見た。

僕のことを心配していらっしゃるのかと思うともったいない思いに駆《か》られた。目が覚め、ご恩返しをすることを固く誓った。

翌朝は七時半に出発し、宇治の方から名神道、中国道、山陽道へと入っていく。広島が近づいてくると、緊張で胸が高鳴ってくる。

そしてついに広島県に入った。広島東インターの手前で、僕の選挙区・広島市安佐北区の家並みが目に入る。小河原《おがわら》に上深川《かみふかわ》……およそ四年ぶりに見た地元の遠景に、僕はたまらない愛《いと》しさを感じ、胸が熱くなった。

いま通過したのは五年前の西日本豪雨災害被災現場だ。地元の皆さんと視察した時のことが甦《よみがえ》る。過ぎ去りし日の重みを思っていると、バスはインターチェンジを降りて市街地に近づき、窓のカーテンが閉められた。

広島刑務所に来るのは十六年ぶりだ。前回は法務副大臣として。今回は移送された受刑者として。

今回、広島刑務所の皆さんには大変良くしていただいた。他の受刑者の目に触れないよう、僕の動きは徹底的に秘匿《ひとく》された。居室は人っこひとりいない区画への隔離だったし、日常の世話――配食、洗濯物回収など――も全て刑務官がやってくれた。作業は独房で紙製品――ある都内のホテルのカードキー入れ――を一心不乱に作り続けた。

食事の美味しさに感動！

広島刑務所で一番感動したのは食事の美味しさだ。おまけに量も多かった。こんなこと、喜連川の同衆たちには言えませんよ。きっと涎《よだれ》を垂らすだろうからね。

中華丼、モモ肉のケチャップ煮、豚生姜《しょうが》焼き丼、ヤンニョムチキン、濃厚なカレーうどん、冷やしとろろうどん…と、挙げればキリがない美味しい料理の連続だった。味はもう、立派な「町の食堂」だ。

なかでも目を瞠《みは》ったのは汁物の充実ぶりだ。喜連川よりはるかに大きい丼鉢に、縁のギリギリいっぱいまで汁が満たされ、しかも具が中にぎっしり！　飲み物も充実していて、ミルクティー、アップルティー、レモンティーと紅茶好きの僕にはたまらなかった。

それに加えて、テレビの視聴！　喜連川は職員が選んで録画された番組を観ることしかできないんだけど、広島ではチャンネルを自由に、生で見られた。僕の工場のテレビっ子たちには夢のようだろうと思った。

四年前、僕は新任の法務大臣として「お国入り」ができないまま退任した。事務方は、広島高検の検事長、地検の検事正、法務局長、矯正《きようせい》管区長、刑務所や拘置所などの施設長、保護観察所長、法テラス所長などと対面をしたり、現場の視察をしたり、法務省所管団体の皆様へ講演をしたりする予定を考えてくれていたんだけど。

でも僕は今回、違う形で施設の視察を行った気がしている。より深く、よりざっくばらんに、職員を見ることができた。

滞在中、僕の世話をしてくれた担当さんはまだ若い刑務官だった。彼の真面目で明るく礼儀正しく仕事熱心な姿は、いまも心に残っている。上司の主任さんは落ち着いて穏やかな人。所内をついて歩いてくれた警備隊員の胸には、矯正管区機動隊の徽章《きしょう》が誇り高く輝いていた。

地裁との往復護送を毎回緊張した面持《おもも》ちでしっかりと警護してくれたのは、若い元気印の刑務官たちだった。刑務官という職業に誇りとやりがいを持っている現場の若い職員に出会えて、本当によかった。大臣だったら、まず言葉を交《か》わすことがなかった人たちだ。「これが河井克行のお国入りなんや！　ようやく果たせたわ」と、僕は自らに言い聞かせた。

これは負け惜しみでもなんでもない。ほんまに面白い人生を歩ませてもらっていると思う。

一生、十字架を背負って

肝心の証言は、自分の裁判で認めたことは広島の公判でも認めた。現金を差し上げた背景に、妻の当選を得たい気持ちがなかったとは言えない、と。

一方で、これも自分の裁判で述べたことだが、当時の僕の心の大宗《たいそう》を占めていたのは、自民党の党勢拡大や僕自身の影響力拡大ということであり、妻の選挙のことではなかった。

裁判に出ると、当時の心境に引き戻される。現金を差し上げる行為は、一般には即、違法性があると思われるかもしれないが、実は党勢拡大活動に要するお金は、関係法令で保障されている。

そしてそのことは、広島県では長年の政治的慣行としてまかり通ってきたものであった。

僕がその洗礼に浴したのは三十一年前、初めて県議会に出た翌年の夏、宮澤弘元法相（宮澤洋一参議院議員の実父）が立候補した参院選の時のことであった。

僕は当時、自民党県連から参院選の活動費として現金数十万円を渡された。この一件は、当時二十八歳の県議一年生の僕にとって、後の政治家人生の在り方を決定づける印象的な出来事だったと言える。

こうした事情もあって、裁判に出れば本当は言いたいことはたくさんある。だが、そんな僕の心情を遠方から察したのか、広島刑務所に妻から手紙が届いた。いつものように僕を思いやる温かい言葉が連ねられた後、妻は裁判に出る僕に「素直な反省」を表明すべきだと遠回しに諭し、こんな一文を認めていた。

「……呉《くれ》の商店街を戸別訪問しているときに仲良くなったタバコ屋のおじいちゃんが、私のポスターをお店の奥に貼ってくれて、『河井神社』と名付けて毎日お祈りしてくれてたことをふと思い出します。そういう人たちが私に失望し、期待を裏切られたと思っただろうと思うと、私はいまだに胸が潰《つぶ》れそうです」

僕は心のなかで叫んだ。それはあんりさんのせいではないんだよ！「河井あんり」と書いていただいた二十九万五千八百七十一人の有権者に失望を与え、期待を裏切らせた全ての責任は僕一人にあるんだ。僕は胸が締め付けられそうになった。

だから僕は今回、証人として出廷した裁判でも、その謝罪の気持ちを素直に述べた。全てを呑み込むことは政治家としての僕の責任である。そのうえで皆様に素直に謝罪することは当然であって、僕のぎりぎりの品位を保たせてくれることでもあった。僕は妻に感謝した。

この三年八カ月は罪悪感が日々積み重なるような年月だった。それでも僕は歩き続けなければならない。一生、十字架を背負って。許されるならば、再び国家国民に何らかの形で貢献させていただくために歩き続けたい。

このたびの帰広は、一生を賭して責任を果たし続ける決意と覚悟を僕に与えてくれた。広島に帰って、ホントに良かった。

二〇二三年七―八月

検察と裁判所の闇

僕はしばらく広島に帰り、広島刑務所に入れられていた。僕の事案で金を受け取った広島市議たちの裁判に証人として出廷するためである。

そこで三週間ほど過ごした。広島を発《た》つ日、僕の世話をしてくれた若い刑務官が居室に来てくれた。彼は、「あれだけしょっちゅうここに来てたのに、それがなくなると思うと寂しいよ」と呟《つぶや》いた。

僕は、「これから偉くなって、所長か管区長になって、いい刑務所を作ってね。担当さんのことは忘れないよ。本当にありがとうございます」と心からお礼を言った。彼は、「じゃあ!」と元気な声を発し、持ち場に戻っていった。

間もなく管理職たちが迎えに来た。二十三日間を過ごした独房を出て階段を降り、ふと廊下を振り返ると、遠くから誰かがこっちをじっと見ている。さっきの担当さん、〝熱血張り切り〟刑務官だった。僕が頭を下げると、無言でサッと右手をあげ、敬礼を送ってくれた。胸が熱くなった。

こういう情熱を持った若い刑務官が実際にいることを知り得ただけでも、僕ははるばる広島に来て良かったと思った。

刑務所から出るために私物の検査をされる部屋に行くと、滞在中に何度も出会ったベテランの刑務官が待っていた。いつものとおり、丁寧な対応で言葉が温かい。医務の職員は、「大変でしょうが頑張ってください」と励ましてくれた。

僕が「このまま喜連川に帰らずに、ここから出所したい気持ちですよ」というと、居合わせた職員たちがどっと湧いた。お世辞ではなく、それぐらい、血の通った人間味ある対応に、僕の心は解きほぐされたのだ。

広島地裁との間の護送で警護をしてくれた部隊の若き隊長が通用口に立っていた。「最後に会えて良かった。緊張する任務だったでしょう、お世話になりました」とお礼を述べた。バスの近くに数人の管理職が立って見送ってくれた。

あれほど億劫《おっくう》に感じていた広島刑務所での滞在が、「今は去り難し」であった。「やっぱり地元はいいなあ、故郷はいいもんだ」と思いながら、僕は窓のカーテンが閉められた特殊護送用の大型バスに乗り込んだ。

法務・検察の妨害？

ところで僕は、広島地裁で行った自分の証言にいささかの不満を抱いている。一番言いたかったことが言えなかったからだ。弁護人と証人が協議することは刑事訴訟法で定められた権利であるのに、それができなかったのだ。

僕が広島刑務所に入って以降、担当検事は連日打ち合わせに来るのに、肝心の弁護団は一向に現れない。僕は弁護側の証人であるにもかかわらず。心配を募らせた僕は、思い余って公判前日の夕方、刑務官に相談し、広島刑務所で面会したい旨《むね》の電報を弁護団に打った。幹部職員が緊急事態だと認めてくれなかったら、電報を打つこともできなかっただろう。本当に広島刑務所の職員の皆さんには感謝している。

打電の甲斐《かい》あって、やっと公判当日の朝、主任弁護人が駆けつけてくれた。彼が言うには「私たちも河井さんにすぐに会いたかったので、検事に河井さんが広島刑務所と広島拘置所のどちらに入るのかって聞いたら、『拘置所の方だ』と言われた」と。

すぐに拘置所に特別面会を申し込んだそうだが、拘置所は「その人間は居るとも居ないとも言えない」と答えたのみで、広島刑務所に居る事実は教えてもらえなかったと、憤《いきどお》っていた。実に不可解な一件であるが、どう考えても法務・検察が邪魔したとしか思えない。

僕が証人として証言したかったことの一つは、現金の趣旨についてである。僕は自分の公判でも広島地裁でも「現金を差し上げたときに妻の当選を得たいという気持ちが全くなかったとは言えない」と述べた。

それは何も、現金を手渡した時に格別そう思ったことではなくて、「何をしている時でも常に次の選挙のことを考えていた」ということなのだ。本当はその嚙み砕いた説明を広島地裁でしたかった……。

三百六十五日、二十四時間、夢でも見るほどに、自分と妻の選挙を考えない一瞬なんて、一秒たりともなかった。僕にとって次の選挙を意識することは、呼吸をするくらいごく自然な日常の営みであったのだ。

僕は妻と一緒に地元のスーパーに買い物に行くことが息抜きの一つであったんだけれど、スーパーに行くことすら選挙と無縁ではなかった。買い物カートを押していると、「あっ河井さんだ、あんりさんだ」と、地元の有権者からよく声をかけていただき、そのたびに僕らは丁寧にご挨拶をしたものだった。その時は、「次の選挙でこの方たちから一票を入れていただきたい」という気持ちがなかったとは言えない。

現金を差し上げた際――特に地方議員に陣中見舞いや当選祝いを手渡した時など――に心をよぎった「妻の選挙のこと」というのは、スーパーに買い物に行った時によぎった「次の選挙のこと」と同じくらいの感覚でしかなかった。

政治家というのは、他人の当選をお祝いしている時ですら、常に自分の選挙が頭にある。それを「選挙買収だ」と断じてしまえば、政治家の行う全ての行為、たとえば特定の商店で買い物をすることも政治家にとっては明らかに選挙を意識した行動なんだから、「買収」にかかってしまうだろう。

そういう機微《きび》が、選挙を経験したことのない裁判官にはなかなか伝わらないものなのである。このことはぜひ嚙み砕いて説明したかった。

読売が検察の「裏取引」をスクープ

そしてもう一つ、どうしても言いたかったこと。そのことは、僕が喜連川に帰って暫《しばら》くしてから読売新聞がスクープした。

「特捜検事　供述誘導か」（二〇二三年七月二十一日付朝刊）という見出しで一面トップとなったこの記事は、検察官が、僕から金を受け取った元市議に対し、その現金の趣旨を「選挙買収の金だった」と供述させる代わりに、元市議を不起訴にすると持ちかけていたことを明らかにした。

被買収側の元広島市議が検察官からの取り調べの模様を録音しており、この「裏取引」の存在が証明されたのだった。

この録音データによると、検察官は取り調べの最中、「彼（僕のことだ）を処罰すればいい」とか、「克行を悪者にするための調書」などと発言する一方、元市議に対しては「できたら議員を続けていただきたい。そのレールに乗ってもらいたい」などと何度も言い、買収の金だと認めない元市議に対して、買収の趣旨だと認めれば不起訴にしてやる、と仄《ほの》めかしたという。

さらに、翌七月二十二日付の朝刊一面では、検事が法廷の証言までも誘導し、一問一答を作成してリハーサルを繰り返したうえ、「カンニングペーパーを作ったことは大っぴらにしないように」などと口止めしていたことが明らかにされた。

違法な司法取引

読売新聞は一週間以上にわたってこの違法な検事取り調べについて特集を組んだ。

記事を読んだ図書計算工場の同衆たちは猛烈に憤っていた。「これって、河井さんの裁判やり直しのレベルですよ」「人のことだけど、俺、読むうちにめっちゃ頭きました」「河井さんがあまりに可哀想。刑の執行停止をしてもらわないと」などと、やたら裁判に詳しくなっている受刑者たちは僕に同情してくれた。

けれど、この「違法な司法取引」の存在については、新聞の報道を待つまでもなく、僕も僕の弁護団も裁判の時から指摘をしてきたのであった。僕にとってみれば、何をいまさらという感が否めない。実際に四名の市議は自らの裁判のなかで、「裏取引」の模様について次のように述べている。

議員①「A検事から、『カジノ誘致事件のとき、国会議員の秘書たちに対して、情報をくれるものは起訴しない取引を行った』と言われ、捜査への協力を求められた。私は『起訴しないという誓約書を書いてほしい』と言ったところ、『それは書けない。検事を信じてもらうしかない』と回答された。

『河井を追い込むことが目的であって、先生を、地方議員を追い込むことが目的ではない』と言われ、書面化はできないが起訴しない旨を伝えられ、『起訴しないという約束をメディアなどに漏《も》らしてもらっては困る』とか、『メディアなどの重圧に負けないで議員を辞めないでほしい』と、処罰の対象ではないと言われ、捜査への協力を求められた」
議員②「B検事から、『受理した金もきちんとしているし、自分の選挙期間中の出来事であり、当局としては陣中見舞いを認めますので、案里の選挙依頼も含まれていたことを是非とも協力してほしい』と、処罰の対象ではないと言われ、捜査協力を依頼された」
議員③「C検事から、『この取り調べは河井を挙げるためで、あなたには迷惑をかけないから協力してくれ』と、迷惑をかけないと言われ、捜査協力を依頼された」
議員④「D検事から、『協力してくれれば、正直者が馬鹿を見ることは絶対にない』『先生は辞任する必要は全くない。河井だけをやりたい』と言われた。E検事からも、『先生は辞任する必要は全くない』と、処罰対象ではない旨を言われて、捜査協力を依頼された」
……など、どれも極めて具体的な内容ばかりだ。

受け取った市議らの生々しい告白

この市議らの弁護団の元に、少なくともその他にも六名の地方議員から検察の裏取引についての生々しい情報が寄せられている。

その主なものを紹介すると、

「Ｆ検事から『ぜひ議員を続け、任期を全うしてください。辞める必要はありません。名誉は守ります』と言われた」

「Ｇ検事から、『決して悪いようにはしないから協力してくれ』と言われた」

「Ｈ検事から『あなたの名誉は守りたいと思う。次の選挙に出て頑張ってください。あなたの裁判はしないようにしたい』と言われた」

「Ｉ検事から『悪いようにはしないので取り調べに協力してほしい。保護司は辞めてはいけない』と言われた」

「Ｊ検事から『検察を信じてください。協力してくれているから刑事処分は考えていない。あなたには頑張ってもらいたい。これまで言ったとおりですので私を信じてください。早まったこと（議員を辞めること）はしないでください。お金を受領したことはあっても、これまで言ったとおり、安心してください』と言われた」

「Ｋ検事とＬ検事から『捜査に協力していただければ、先生に寄り添って世話をする。今回は何もなしですむが、今度やったらダメですよ。先生は広島市政の重鎮《じゅうちん》だから、これからも頑張ってもらわないといけない』と言われた」

……など、生々しい言葉が躍る。

以上のように、市議らの弁護団が摑んでいるだけで、十名以上の検事が、取り調べで「違法な司法取引」を行っていたことが判明している。常識的に考えて、この十余名は氷山の一角に過ぎず、組織的な指示のもとに大量の裏取引が行われていたと見るのが自然だろう。

公職選挙法により、選挙違反——この場合は被買収——を犯せば、政治家は失職する。だから、「辞任する必要がない」と言われるということは、裏返せば、「あなたのことは起訴しませんよ」と約束しているのと同義である。議員らの赤裸々《せきらら》な暴露に驚くと同時に、「やっぱりそうだったのか。でもそうだったのなら、どうして僕の一審の時に真実を明らかにしてくれなかったのか？」、という思いが込み上げた。

というのも、僕の弁護団はすでに東京地裁での最終弁論で、検察の「違法な司法取引」の存在を指摘し、厳しく追及していたからだ。「片手に起訴という鞭《むち》を、片手に不起訴という飴《あめ》を持ち、供述内容によってはそのいずれかを選ぶという姿勢を検察官が示すことで、現金授受の趣旨が投票及び投票の取りまとめに対する報酬である旨の供述を得、その供述を公判廷でも維持させようとした疑いが極めて強い」と断じたうえで、「検察官と受供与者との間に、いわゆる『裏取引』がされたことは十分に推認される」とまで踏み込んだのだった。

僕の弁護団は、法務省で若手検事の指導教官を務めたり、特捜検事として大型事件を取り調べたり、法務・検察幹部として数多の注目事件にかかわってきた経験豊富な「ヤメ検」ばかりだ。それだけに、後輩たちの違法な「裏取引」の取り調べに我慢がならなかったのだ。

中国新聞の偏向報道

さらに僕の弁護団は、「裏取引」が仮に明示的に行われなかったとしても、「検事の取り調べにおける言動や、受供与者を誰一人として起訴していないという事実から、検事の意に沿う供述をする限り、起訴されるはずがない、と、受供与者側に期待をもたせていたことは間違いない」と糾弾している。

そもそも買収事案において、金を配った側と受け取った側はともに対向犯《たいこうはん》なのであるから、調べはもとより、裁判も同時に行われなければおかしいのだ。それなのに、彼らに対する「不起訴」の処分は、僕の一審判決が出たあとに決定された。

この不自然さを裁判所も指摘することがなかったのは、どういう判断だったのだろうか。

そして、さらに責任が大きいのはメディアである。メディアに対しては、僕の裁判の最中、弁護団から情報提供をしていたし、記者たちも取り調べの異様さや受供与者を起訴しないことの異常さを十分認識していたはずだ。だが、それを問題視して紙面で報じたメディアは、わずかに日本経済新聞だけであった。

特に、地元紙「中国新聞」の責任は極めて大きい。地元に密着して取材を続けていた彼らは、多くの地方議員らが検察から「裏取引」をされている事実を知っていたにもかかわらず、それを追及する報道を一切行わなかった。

「河井＝悪」という図式を広島県民に植え付けることに専心し、事実を報道しなかったのである。検察に都合の良い情報を無批判に流す異常なキャンペーン報道によって、検察の違法な取り調べを受けた議員らの抗議の声はかき消されてしまった。

だが、もしかすると「中国新聞」は、公職選挙法が司法取引の対象外にあることすら知らなかったのかもしれない。公平公正な記事を書くために、もっと勉強していただくことを強く望む。

帝国陸軍と同じ匂いのする検察

受供与者らの供述が「違法な司法取引」に拠《よ》ったものであったことが明らかになれば、

「大規模選挙買収事件」なるものの構図は根底から崩れ、「公職選挙法違反」そのものが成り立たなくなる。罪を償うために刑務所で真面目に服役を続けている僕には、釈然としない、という程度では済まない感情が湧き上がる。

僕が地方議員らの裁判に証人として出廷するにあたって、九回も証人テストにやって来た広島地検の検事が最後に呟いた言葉が忘れられない。

「公選法は大変曖昧模糊《あいまいもこ》とした法律なんですよ。結局河井さんは、法律の狭間《はざま》というか、グレーゾーンと違法の隙間《すきま》に落っこちたんですよ」

たしかに、妻が立候補した参院選の年、自民党広島県連会長で、現職の溝手顕正《みぞてけんせい》氏の陣営選対本部長だった宮澤洋一参院議員は、参院選直前の六月に県会議員に金を配っていた。しかし僕の件が表に出たために、金を渡した時期を十一月と偽って、金を渡した県議らとの間で領収書をやりとりしていたのである。

自民党広島県連も参院選前に地方議員にお金を配っていた。広島県連だけではない。京都や奈良をはじめ、全国各地で同じことは散見された。彼らと僕の行為と一体何が違うのか。本質的には同じである。違うのは、検察が立件したかしないか、ということなのだ。

「検察権の独立」を唱え、手段を選ばず、なりふり構わずに政治家を立件・有罪に追い込もうとする検察官からは、戦前、「統帥権《とうすいけん》の超越」を叫び、幾多のクーデターを実行し、政党政治を圧迫して消滅に追い込んだ帝国陸軍と同じ匂いがする。

検察が黒といえば黒に

僕はこの事件の前までは、「検察の不正」とか、「裁判所は検察の言いなりだ」というような話を聞いても、まさかそんなことはあるまい、とどこかで国家権力の道義を信じたい気持ちであった。検察や警察といった捜査機関は国家の良心であると思っていた。時々明らかになる違法捜査などの案件に接しても、「それはごく一部のことであろうし、そもそも罪を犯した奴が悪いのだ、悪を検挙するためにはある程度の無理は仕方がないのだ」、と心のどこかで思っていた。

特に、法務行政にかかわった経験を持つ僕は、検察の優秀さには心から敬服していたし、検察に寄り添っているつもりでもいた。

だが自分が実際に事件の渦中に入ってしまうと、「罪」は作られるものなのだということが、骨身に沁《し》みて良く分かった。それがどの程度の割合で行われているのかは分からない。だが、検察が黒といえば黒になる。検察に都合の悪い証拠はハナから存在しなかったことになる。

白いもの、グレーなものを黒と言い含めるとき、検察組織は一丸となってかかってくる。その暴力的で巨大な力に圧倒される恐ろしさ。僕はその力の存在を知ってしまった。知っただけではなく、その渦の真っ只中に放り込まれてしまった。知る必要のなかった、体験したくなかった事実であった。

僕は法務行政に携《たずさ》わっていた者として、今回明らかになったことを、自分が害を被《こうむ》った案件として矮小化《わいしょうか》したくない。かつての僕のように、検察への信頼感を抱いている国民の期待に応えるため、そして国家の道義を二度と傷つけないためにも、厳しい措置が必要だと思う。

検事の取り調べの違法性について最高検が調査すると報じられたが、法務省は昨年九月ごろには録音データの存在を把握していたという。一年近く何も動かなかった彼らが、身内の組織的犯罪を厳正公平に摘発・処罰できるとはとても考えられない。きっと「トカゲの尻尾《しっぽ》切り」に終わってしまうだろう。

あの密室の検事取り調べで一体何が行われたのか？　違法な「司法取引」の実行を承認したのは最終的に誰だったのか？　それらを明らかにすることは、国家国民の利益を回復することに繋がるのである。ぜひ独立した第三者機関を新たに設置したうえ、調査を実施していただきたい。

「俺は必ず広島に帰るぞ」

このたび広島に帰って証人として裁判に出廷して良かったと思う。証言台に立つにあたって、自分の裁判記録をいま一度じっくり読み込み、四年前の政治情勢や当時の妻と僕の思いを確かめることができたからだ。社会に復帰したら当然求められるだろう「事案」への説明を、もう一度しっかりと組み立てる予行練習にもなった。

八月末で塀の中の生活は一千六十二日になる。僕一人では到底耐えることのできなかった日数である。こうして、月刊『Hanada』で連載をさせていただいていることが、僕の心をどれだけ支えてくれていることか。

そして、何より妻の存在である。妻に多大な迷惑をかけてしまったにもかかわらず、彼女は僕と一緒に戦い続けてくれている。広島の法廷でも述べたけれども、あの参院選で「河井あんり」と書いていただいた二十九万五千八百七十一人の有権者、妻と僕の後援会・支持者の皆様方への責任を果たすため、「政治家・河井あんりをこのまま終わらせるわけにはいかない」と僕は思っている。

そして、僕自身も再び国家国民に貢献していく決意を新たにした。三年八カ月ぶりの「帰広」で人生を再起動する烽火《のろし》を上げることができた。止まっていた時計の針が動き出したみたいに。

梅雨末期の激しい雨に連日見舞われていた広島と打って変わって、喜連川には真っ青な夏空が広がっていた。

「たとえ石もて追われようとも、俺は必ず広島に帰るぞ」

僕は空に向かって誓った。

第五章

再出発

二〇二三年八―九月

支えになっている妻の言葉

炎熱地獄である。

日本一暑い北関東に位置し、外気温は連日三十五℃。冷房はおろか扇風機すらない独房は、窓を全開にしても風はそよとも入らず、熱気がこもり、汗だくになる。ランニングシャツを絞ると汗が滴《したた》り落ちる。自分の身体の内側から熱気が込み上げてくる経験なんて、これまでしたことがなかった。

ところが、そんな猛暑のなか、この刑務所ではさらになんと「暖房」が入っているのだ！「換気」と称して天井の換気口から騒音とともに吹き下ろしてくる送風が熱風と化しているのである。

僕たち図書計算工場の房はいま最上階にある。理系大学院修了の同衆の解説によれば、「屋上の熱が送風管を通る空気を暖めているのでしょうね」とのことだ。他の同衆たちも口々に、「もう死にそう」とか、「『暖房』が入ってる時の部屋の温度は四十℃くらいだよ」

とか、「『暖房』で体がぐったりしちゃって夜も眠れないし、命の危険のレベルだよ」とか、みんな酷暑に喘《あえ》いでいる。

施設管理者からすれば、高騰する電気代をかけてでも、受刑者のためを思って換気に努めてくれているのだろうけれど、残念ながら結果は完全に逆効果となっている。

このままではお盆の七連休をとても乗り切れないと案じた僕は、面会に訪れた妻に、〝蒸し風呂の刑〟に遭っているさまを話した。そして、①お盆休みが始まる前に直《ただ》ちに天井からの「暖房」を止めてもらいたい②しばらく過ごした広島刑務所では、廊下の両端に大型の扇風機を設置して通気口から独房に風を吹き込むようにしていたので、参考にしてもらいたい③平日は工場でしょっちゅう洗髪できるけど、独房に籠《こも》る週末（金曜～日曜）は夕方と就寝前に濡れタオルで体を拭《ふ》くことしか許されていないので、午前や午後にも拭身《しきしん》と洗髪を認めてほしい、と要望した。

「懲らしめ」から「教育」へ

妻の働きかけがあったかなかったかよく分からないのだけど、突如、盆休み前に「暖房」が止まり、廊下の両端に大型扇風機が設置され、午前と午後の拭身・洗髪も追加された。

鈴木宗男先生をはじめ、力になっていただいた方々に、受刑者を代表して感謝申し上げます。「これでなんとか夏を生き抜ける」と喜んでいる同衆たちの笑顔をぜひお見せしたい。

思い起こせば、喜連川《きつれがわ》に移ってから、受刑者の処遇改善について先輩や同僚の国会議員にずいぶん助けていただいた。コロナ感染が下火になってもなお義務付けられたままだった独房でのマスク着用を任意にしてもらったり、厳冬期にもかかわらず真冬に止められた夕方の暖房を入れてもらったり、各工場備え付けの官本に新しい本を加えてもらったりした。

受刑者たちがより人間らしい環境で罪を償い、出所後、社会に貢献する意欲を持って生活するための切実で前向きな要望を、いろんな形でお伝えし、それを叶えていただいた。

一番嬉しかったことは、僕が工場で担当している官本の書籍が徐々に充実し始めたことだ。僕は現職の頃、出所者の更生保護を推進する議員連盟を作っていた――まさか自分が対象者になるとは夢にも想像しなかったけど――。議員連盟で一緒に活動してきた初当選同期の代議士に、刑務所で所蔵している辞書や単行本が数十年前のものばかりである現状を訴えたところ、「河井ちゃん、よく分かったよ。法務省の矯正《きようせい》局長にでも話をしてみるよ」と請《う》け合ってくれたのだった。

しばらくして真新しい辞書や小説などが次々と入り始めた。工場の先輩は、「こんなこと、これまでなかった」とびっくりしていた。

「懲《こ》らしめ」から「教育」を重視する改正法が施行されるいま、受刑者の学習環境を改善していくことを強く求めたい。

塀の中で八百冊読破

さて、僕は国会議員時代、多忙を極めた政治活動や選挙運動に追われていた。何も自慢することではないのだが、僕の活動量は、広島県内の国会議員のなかで群を抜いていたと思う。なにしろ僕は一代目の国会議員で、サラリーマンの息子であったから、選挙が弱かった。

実際に弱いかどうかという以上に、選挙のことが心配で心配でたまらなかった。僕の猛烈な活動量は、落選への恐れの裏返しであった。特に地域の行事のあるときには、僕と僕の事務所のスタッフは一切手を抜かずに、回れるだけの行事を回っていた。まるでこまねずみのように。

地域の新年会は一月一日から行われ、早朝から夕方まではしごして回る。正月二日になると、それに「街頭演説」が加わる。初詣客《はつもうできゃく》を狙って、お宮さんの前で幟《のぼり》を持って挨拶するのだ。だから、この仕事を始めてから家でおせちを食べたことはない。松の内が明けると、とんど焼きだ。そして卒業式に入学式。地域と学校の運動会。汗を掻《か》き掻《か》き盆踊りに夏祭り。涼しくなると秋祭りに地域の公民館祭りに各地の神楽競演大会。そしてたくさんの忘年会……。

月曜から金曜までは永田町で働き、土日になると地元に帰り、地域のどんな小さな行事にもせっせと顔を出していた。お祭りに行くと言っても、一晩で三十会場くらい回るのだから、ひと会場の滞在は長くても十分程度。

そのうち、行事を回ることが目的化してしまう。スケジュールをこなすことが第一になってくる。何のために行事を回っているのか、はたまた何のために生きているのか、よく分からなくなってくる。そしてその合間合間に、僕の後援会の活動、集会などが入ってくる。

こんな僕が読書する時間なんて持てるはずはなかった。本を手に取ると言っても、時事的な本や瞬間的な興味に基づく本をぺらぺらとめくるだけ。こんな生活を繰り返していたら、どんな人間でも薄っぺらになってしまう。

だから、こうして社会から隔絶《かくぜつ》された環境に入ったからには、これまでできなかった深くて広い読書をするぞ、と心に決めて実行してきた。花田編集長からは、思う存分読書できる環境でいいなあ、といつも羨《うらや》ましがられている。

おかげさまで塀の中での読書は八月で八百冊を超えた。多くの偉大な先人たちの豊穣《ほうじょう》な〝知の海〟に浸《ひた》ることができ、僕の受刑生活は意義あるものとなった。安倍総理の確固とした歴史観・国家観・世界観を見習おうと読破してきた書籍のうち、宗教・哲学、心理、国際政治・安全保障、人類史・神話、日本史・世界史、伝記・人物評伝、宇宙・科学技術、小説・紀行文、ノンフィクションなどはすでにご紹介した。

今回は、それ以外の分野やその後に読了した書籍のうち、印象に残っているものについて述べたい。

翻訳して出したい本

出所後の活動を見据《みす》え、英語力の向上に力を入れている僕は、語彙《ごい》の充実を徹底的に行っている。鬼の教官と化した妻が参考書や問題集をどんどん入れてくるのだ。

マーレイ・ブロムバーグらの『1100 WORDS You Need to Know』は、原書の七版と八版を終えた。既習語《きしゅうご》を自然と反復する構成が良い。鉄緑会《てつりょくかい》『東大英単語熟語鉄壁』と合わせ五千語は学んだ。

続いて、妻は情け容赦なく英連邦留学試験ＩＥＬＴＳ用の教材を矢継ぎ早に入れてきた。なかでも『実践ＩＥＬＴＳ英単語３５００』（旺文社《おうぶんしゃ》）は類義語や反意語が充実して、語彙がどんどん広がる喜びを感じられる。毎日百数十語を学べる。こうして僕の英語力は安倍総理の命《めい》を受けて世界中を飛び回っていた時よりも増強されたと思う。

原書も妻がひっきりなしに入れてくるのに必死に食らい付いている。最近読んだなかで秀逸だったのは、『U.S Taiwan Relations』だ。著者の一人、リチャード・ブッシュ氏は米国きっての台湾専門家で、僕がワシントンＤＣを訪れるたびにしばしば意見交換を重ねた間柄だ。豊富な経験と人脈に裏打ちされた冷静で均衡ある視点から、来《きた》る台湾有事を語っている。

花田編集長にブルッキングス研究所に掛け合っていただき、日本語版を出していただきたいとお願いしたいくらいだ。僕、翻訳しますよ？

篠田英朗『戦争の地政学』（講談社現代新書）は地政学の入門書として本邦最高だ。社会学では中野信子・ヤマザキマリ『生贄《いけにえ》探し』（講談社＋α新書）が興味深い。ハンス・ロスリングらの『ファクトフルネス』（日経ＢＰ）は、世界は新聞が言うほど悪くはないんだよ、と具体的な統計で説いてくれる。花田編集長から差し入れていただいた下山進『２０５０年のメディア』（文春文庫）もワクワクして読んだ。

にゃんこ本に癒やされる

生き物関係では、ヘンリー・ジー『超圧縮　地球生物全史』（ダイヤモンド社）で長い長い生物の営みと人類の未来を考えた。宗教では若松英輔『イエス伝』（中公文庫）に心を動かされた。歴史小説ではなんと言っても今村翔吾の『茜唄《あかねうた》（上・下）』（角川春樹事務所）。「壇ノ浦」以降は号泣しっぱなしだった。深い愛情と信頼で結ばれた平知盛《たいらのとももり》と妻の気高《けだか》く潔《いさぎよ》い姿は夫婦の鑑《かがみ》である。

佐藤雫《しずく》『言の葉は、残りて』（集英社文庫）、天津佳之《あまつよしゆき》『あるじなしとて』（ＰＨＰ研究所）は歴史に消えていった敗者たちの真情を感動的に描いている。僕の好きな沢木耕太郎の『凍《とう》』（新潮文庫）、吉田修一『永遠と横道世之介《よこみちよのすけ》（上・下）』（毎日新聞出版）にも何度も涙を流した。

気分転換にもってこいなのが『家庭画報』『婦人画報』だ。妻が何かの拍子に入れてくれて以来、旅行や食べ物の美しく大きい写真が気に入り、自弁で毎月購入している。猫の本にもはまっている。花田編集長差し入れの『にゃんこ四字熟語辞典』（飛鳥新社）で心を癒《いや》された。月刊『Hanada』に広告が載る『ねこ新聞』ゆかりの青木奈緒『オーライウトーリひなた猫』（春陽堂書店）は猫好きの妻への結婚記念日のお祝いとして贈った。

週末に独房で許される毎日三十分の運動は貴重だ。体が硬い僕に妻が差し入れてくれた挿絵《さしえ》付きの崎田ミナ『すごいストレッチ』（ＭｄＮ）を、「すごく」見ながら体をほぐしている。

僕を案じる支援者が最近送ってくださった弘中惇一郎弁護士『特捜検察の正体』（講談社現代新書）は読み進めるうちにどんどん気分が重くなっていった。検察官ストーリー強要捜査とか、裏司法取引とか、人質司法という拷問とか、マスコミによる情報操作で犯罪者を作り出すとか、特捜事件には遠慮がちな裁判所の様子とか……。まるで僕の事件を描いているみたいだった。

特に検察官が意図して流す情報を一方的に報じるメディアの章は興味深かった。「メディアも特捜部を不要にもてはやす傾向がある」（同書ｐ１４４）からなのか、それとも検察を批判できないわけが他にあるのか……。

見え始めた仮釈放の兆し

ジャニーズ事務所の性暴力は、メディアが忖度《そんたく》して報じなかったことで被害が拡大された。全く同じ構図が刑事事件においても検察とメディアとの関係に見られる。特に僕の事件では、多くの地方政治家たちが検察との間で「裏の司法取引」をしていた。

地元の「中国新聞」をはじめとするメディアもそのことを把握していた。なのに、彼らは報じなかった。本当は「選挙買収だなんて全く思っていなかった」受供与者たちは虚偽の自白に追い込まれ、彼らと僕の裁判に大きな影響があった。ジャニーズ事務所の性暴力の問題は、番組にタレントを供給するジャニーズ事務所の機嫌を損ねないよう、メディアが事務所を忖度した。

僕の事件をはじめとする刑事事件では、メディアに捜査情報を流してくれる検察のご機嫌を損ねないよう、メディアが検察に忖度。検察に都合の悪いことは書こうとしない。それでも、良心のある記者の皆さんには「なぜ冤罪《えんざい》は繰り返されるのか」を解く本書をぜひ読んでもらいたい。

さて、仮釈放の兆《きざ》しが見え始めた。仮釈放の前には面接が二回行われるのだが、一回目の面接はすでに三月に終わっており、二度目の面接に必要な書類も先日提出した。以前、妻が僕に言ってくれた。

「あなたの人生には無限の可能性が広がっているのよ」

僕の支えになっている、大好きな言葉である。

僕の本当の戦いはこれから始まるのだ。

二〇二三年九―十月

刑務所より辛かった拘置所生活

九月下旬、関東地方更生保護委員会の委員面接（「本面《ほんめん》」）を受けた。悔悟《かいご》の念とこれからの人生への決意、出所後の活動の準備状況を述べた。三月に行われた保護観察官面接（「仮面《かりめん》」）と、七月の「二種」への昇格――出所後の本格的準備を促《うなが》す――に続く、仮釈放に向けた大きなステップである。

「本面」を終えると、図書計算工場の担当刑務官や同衆たちが口々に、「おめでとうございます」と言ってくれた。「本面」が済むと、仮釈放まであとわずか。受刑者全員がずっと心待ちにしている一大イベントなのだ。一千百日を超えた塀の中での生活が終わろうとしている。

そこでこの機会に、喜連川の刑務所に移送される前、東京都葛飾《かつしか》区小菅《こすげ》の東京拘置所で過ごした四百五日間を振り返ってみたい。考えてみたら、ある意味、刑務所よりも拘置所での生活のほうが辛《つら》かったかもしれない。

拘置所では毎朝七時頃に起床し、布団を片付けると、入り口の近くに正座して点呼を受け、米麦飯と味噌汁の朝食を摂《と》る。その後、希望すれば、建物の屋上に行き運動することができる。数メートル四方を高いコンクリート壁で囲まれた区画に連れて行かれ、ガシャンと錠をかけられたなかで三十分間、体を動かすのだ。

外界を遮蔽《しゃへい》する鉄板と鉄板の隙間《すきま》から、遠ぉーくに高層ビル群が見える。「六本木だろうか。だとすると、永田町や赤坂はあのあたりだろうか」と思いを巡らしてみる。妻が先に保釈されてからは、妻の住んでいる地域に必死で目を凝《こ》らし、安否を案じたりもした。

ラジオ体操をして軽く走った後、独房に戻る。その往復二、三分ほどの移動中に若い刑務官と交《か》わすおしゃべりが楽しかった。

刑務所と違い、拘置所では人と触れ合う機会がない。刑務所のように工場での刑務作業や外グラウンドでの運動などがないので、他人と話すことが全くない。あるのは日に一回許されている面会での会話だけだ。

普通に街を歩くことの幸せ

拘置所にいる未決勾留者《こうりゅうしゃ》は裁判を抱えている立場なので、その対応は忙しい。弁護士との接見があり、事実関係などについて話をする。裁判があって出廷する日は慌ただしい。

上着を独房に入れることは禁じられていたので、隣の空き房に掛けている自分の背広のなかから前日に一つ選んでいたものを、朝、刑務官が入れてくれて着替える。拘置所を出る前に必ずブレザーの上から腰紐《こしひも》をきつく縛られ、両手に手錠を嵌《は》められる。足元は拘置所内で使っているサンダルだ。そしてバスに乗り込んで、他の収容者と東京地裁に運ばれるわけだが、僕の場合は誰にも顔を見られないようにとの配慮から、誰よりも早くバスに乗せられ、一番後方の席に座らされて、皆が乗車し終えるのを暫《しば》し待つ。

後ろの方の座席は厚いカーテンで仕切られ、前方の席からは全く見ることができないようになっている。さらに、席の左右と後方の窓ガラスにもカーテンがビシッと閉められ、外からも僕の姿を見ることができない代わりに、僕が外を見ることもできなくなる。拘置所の独房からも一切、窓の外が見えないように遮《さえぎ》られているので、日光を浴びない生活が続いた。

このままではビタミンD不足になると危ぶんだ僕は、弁護人に願い出て、裁判所の行き帰りにカーテンを時折開けてもらうように交渉してもらった。折衝の結果、首都高速道路に乗っている時はカーテンを開けてもらえるようになった。数カ月ぶりのお日さまが濃いスモークガラス越しに見えた時の喜びはいまでもはっきりと覚えている。

首都高のランプに乗り降りする瞬間、街角で信号待ちしている人たちが見える。自分も数カ月前には、あのように街を歩いていたなんてね。いま、彼らと僕とを隔《へだ》てている窓ガラスの厚みに心が打ちのめされてしまう。普通に街を歩くことの幸せを想像すると心が痛くなる。

シャケと唐揚げの繰り返し

霞が関にある東京地裁に着くと、僕ら被告は窓のない「地下牢」に入れられる。雑居房もあるようだが、僕の入った独房は三畳ほど。小さな机と便器があるだけの殺風景だ。その小部屋で開廷まで待たされる。朝一番に拘置所を出て来てはいるが、裁判が午後から始まる場合にはそれまでその部屋で待たなくてはならない。独房を出る際、付き添いの刑務官に預けた、山ほどある裁判関連の資料を受け取る。薄暗くて寒々とした小部屋で、僕は開廷間際《まぎわ》まで懸命に資料を読み込み、接見に来てくれた弁護団との打ち合わせに追われる。

昼時には弁当。初めて東京地裁での弁当を食べた時の感動といったら。なんたって地裁の弁当は白米なのだ。

拘置所で米麦飯ばかり食べさせられてきた身にとっては、久しぶりの銀シャリだ。しかも、おかずは焼きシャケ。久しぶりの普通の魚だ。

そして次の日には唐揚げが出た。

……だが喜んだのも束《つか》の間だった。三日目、シャケ弁がまた出てきた時に僕は悟った。地裁の弁当のおかずにはシャケと唐揚げしかないという真実を。七十数回も出廷しなければならなかった僕は、シャケ、唐揚げ、シャケ、唐揚げと、同じおかず、同じ弁当を一日おきに食べさせられることになった。

地裁からの帰り道はいつも結構落ち込んでいた。僕のせいでご迷惑をおかけした地元の皆さんが検察側証人として立ち、その証言を聞いた後なのだから、当然と言えば当然か。そんなある日の帰り道、小菅ランプに差し掛かった時、護送バスの窓から外の景色が見えた。美しい夕焼けが西の空を赤紫に染めていた。赤々と燃える太陽を見つめた僕は、その美しさに涙が溢《あふ》れた。大きな太陽から勇気を注いでもらった僕は心に誓ったんだ。「よしっ、明日も頑張るぞ！」と。

さて、裁判所から拘置所に戻ってからが僕の裁判闘争の始まりである。裁判のあった日の帰りは、すでに食事の時間が終わった後だ。食事は保温箱に入れられているけど、多少冷たくなった拘置所の食事を僕は大急ぎでかき込む。そのあと急いで一人用の風呂に入る。独房と同じ階のちょうど真ん中あたりにあるユニットバスだ。刑務官が時間を測っている。与えられている時間は十五分間だ。

それから房に帰って、その日の公判で検察側証人を務めた地元の方々の証言のうち、嘘や疑わしい点をレポート用紙に書き出すとともに、翌日の公判で弁護団に反対尋問してもらいたいことを記す。

GPSの装着手術を申し出たが

拘置所の消灯——といっても完全に暗くなるわけではなく、正確には「減灯」——時刻は夜九時。だが僕はまだ眠れない。天井のスモールライトを頼りに、暗い部屋で深夜まで検察調書の読み込みとレポート筆記を行う。

独房に時計がないから一体何時なのかはわからない。が、多分、十一時過ぎまでくらいは毎晩頑張っていたと思う。そのおかげで僕の視力は悪化し、逮捕以来、メガネのレンズを三回も交換する羽目《はめ》になった。

だが、僕以上に大変だったのは弁護団である。わずか数カ月で七十回を超える法廷。週に四日も、午前と午後、検察側証人数人ずつへの反対尋問を行わなければならなかった。経験豊富なヤメ検五名と気鋭《きえい》の若手二人から成る「七人の侍」弁護団には、本当によく戦っていただいた。

僕の裁判に出てくる検事たちは皆、僕のヤメ検弁護団の後輩に当たる。後輩の行った杜《ず》撰《さん》で乱暴な捜査、〝違法な司法取引〟を正したいという気持ちが弁護人の顔つきに強く表れていた。でも、受供与者百人を限られた日程でどんどん証人として呼んでくる検察に対し、やり手揃いの僕の弁護団も体力的には限界であった。

度重なる保釈申請がことごとく退けられ、弁護団と僕との打ち合わせがろくすっぽできなかったことも弁護活動の足を引っ張っていたと思う。

本来ならば、保釈され、いつでも弁護団と会って、膨大な資料を手元に置いてしっかりと協議する環境が整えられるべきであったが、日本は〝人質司法〟の国だ。おまけに、僕が勾留されていた頃はちょうどカルロス・ゴーン氏の逃亡の後で、煮え湯を飲まされた裁判所は僕の保釈を一向に認めようとしなかった。別に僕は逃げも隠れもしないのに。

それどころか、僕はゴーン氏のように逃亡しない証《あかし》のため、ＧＰＳの装着を裁判長に申し出たのだ。皮膚の下に装置を埋め込む手術を受けても良いとまで申し出たのだ。裁判長は全く聞く耳を持たなかった。

〝人質〟としての妻の逮捕・勾留

小菅で一番辛かったのは、妻が逮捕直後に体調を崩したらしいという情報が僕の弁護団から入ってきた時だった。実は専門家から、「河井あんりさんは長期の収容に耐えられるような心の状態ではありません」と、前もって診断されていたのだ。妻の健康悪化を伝え聞いた僕は絶望し、心配でたまらなくなり、自分を責めた。

僕のことは、自分がしたことを問われるのだから仕方がない。でも、妻は僕のしたことを何にも知らないし、かかわってもいない。全くの無実で濡《ぬ》れ衣《ぎぬ》だ。それなのに妻は、僕と一緒にいたばっかりに僕の共犯と疑われていた。

僕を自白に追い込むためのいわば〝人質〟として、妻の身柄は取られたのだと僕は考えていた。僕は眠れなくなり、人生で初めて睡眠薬を飲んだ。拘置所などの施設でも医師の診察を経て睡眠薬を処方されるが、密かに薬を溜め込んだりしないかどうか、もらった時にちゃんと服用しているかどうかを厳しく監視される。

薬を飲む際はまず口を大きく開けることを命じられる。口の中に何も入っていないか確認されるのだ。次に、薬を口に入れると、中にしっかりと放り込まれているかどうかを確認される。そして、ごくりと飲み込んだ後は、再び口を大きく開けることを命じられる。ちゃんと残らず飲み終えたかどうか、刑務官が確認するためだ。何をするにも一挙手一投足を見張られるということだ。

共謀の容疑がかけられていたため、僕の弁護団と妻の弁護団は、疑念を招かぬよう接触することができなかったので、彼女の詳しい容態《ようだい》は分からなかった。後で聞いたところでは、妻が小菅に収容されてから十日間ほど微熱が続き、その間、一切の取り調べはなかったそうだ。刑事訴訟法で定められた起訴前の勾留期間は最長で二十日。妻の弁護人は、「あんりさんは二十日で出られますよ」と言っていたそうだ。

だが、その半分の期間を取り調べも受けず、ただ独房に入れられていただけ。ハナから起訴することが織り込み済みの扱いを受けていた。実に可哀想なことをした。

支えてくれた心優しい刑務官たち

こうして振り返ってみると、東京拘置所での日々の方が、喜連川よりも孤独な戦いだったと思える。その生活を乗り切れたのは、二〇二一年六月に再び収容されて以降、ほとんど毎日面会に来てくれた妻の励まし、信頼できる弁護団の援助、現場の刑務官の皆さんの支えのおかげだった。なかでも特にお世話になった刑務官は、僕の担当をしていただいた「森のプーさん」(以下、僕が名付けたニックネーム)だ。

大きな体に実に優しい目をした方で、逮捕された日の夕刻、独房に入れられ、環境が激変して何もかもわけが分からず呆然《ぼうぜん》としていた僕に、優しい声で取り急ぎ日用品の注文をするよう教えてくれたあの姿を、僕は一生忘れないだろう。

話をする時にも監視窓から見下ろすのではなく、鉄の扉をわざわざ開けて、畳に座っている僕と同じ目線の高さまで降りてきてくれた。それがどんなに嬉しかったことか。

妻との面会の往復には恰幅《かっぷく》の良い「部長さん」が付き添ってくれた。「ここに長く勤めていますが、こんなにしょっちゅう来てくれる奥さんは初めてですよ。どうか大切にしてあげてください」といつも言ってくれた。

東京地裁の地下牢でお世話になったのは「番台さん」だ。銭湯の番台さんのように、一列に並ぶ独房を高い席から見張っていたのでそう名付けた。

番台さんは昼の弁当を運んでくれる時、「毎度変わり映《ば》えしなくてすみませんねえ」と微笑んでくれた。その仄《ほの》かな笑顔に、地下牢で閉塞《へいそく》した心が温まったものだ。

そして、なんと言っても一番の名物刑務官は「落語のお師匠さん」だ。下町の江戸っ子べらんめえ口調で、よく若い刑務官を指導していた。いつもうなぎの話をしてくれて、「あっしの行きつけは浅草の○○です。娘が好きでして」と教えてくれた。

僕が控訴を取り下げた後、突然独房に来て、「これから刑務所に行かれるって聞きやして、お顔を見に来やした。どうかお達者でいてくやさいっ」と、はにかみながら言ってくれた。

いつの日か、小菅でお世話になった刑務官の皆さんと浅草のうなぎ屋で、「いっぺえやりてえなぁ」と思っている。

どこにいても、僕は誰かに支えられている。僕はいつも、人間同士の縁の素晴らしさと彼らに感謝している。

二〇二三年十一十一月

人生は、まだ間に合う

仮出所する直前、受刑者は作業工場から「仮釈放前室」という区画に移り、二週間を過ごす。社会に戻るにあたっての心構えなどを講義してもらうのだ。

だが今日現在、僕にはまだそのお達しはない。はたして獄中からの発信がいつまで続くのか。今回限り、ということになるのだろうか。今か今かと出所を待ち侘《わ》びている僕である。

獄中でのこの二年、一番辛かったのは、家族や友人・知人たちとほとんど連絡が取れなくなったことだ。特に、地元の後援会の皆さんとの絆《きずな》が断ち切られたことは、断腸の苦しみであった。

僕と後援会の皆さんとの付き合いは、初めて広島県議会議員に挑戦した二十七歳からだから、もう三十年以上にわたる。僕の人生の半分以上を一緒に過ごしてきた、僕の半身のような方たちだ。

僕にとって、後援会の皆さんは、単に選挙でお世話になった人たち、ではない。僕は僕なりに、心から皆さんを信頼し、愛情を持って接してきたつもりである。皆さんに喜ばしいことがあれば僕の心も幸せになったし、苦しいことや悲しいことがあれば、僕の心も痛んだ。

後援会の方たちも、僕が政治の仕事をするうえで喜びがあれば——当選したり、役職に就《つ》いたり——、一緒になってわが事のように喜んでくれたし、僕が失敗してしまえば——落選とか——、一緒になって悔しがってくれた。

皆さんと一緒に人生を分かち合えた僕は幸せ者だ。僕にとって後援会の人たちは、家族か、それ以上の存在なのだ。

その地元の方たちと一緒に生きるという喜びを僕は失ってしまった。そう、それは〝喜び〟だったのだ。現職だった頃、そのありがたみに僕ははっきりと気づいていなかった。いまこういう状況になって初めて、その喜びを失うことはバッジを失うことより辛く悲しいものなのだということが分かった。こうして離れていても、僕はいつも後援会の皆様お一人おひとりの顔を思い出す。

追い立てていたのは自分

申し訳ない気持ち、悲しい気持ちは、後援会の方たちに対してだけではない。僕は衆議院に初当選以来、四半世紀の間、ずっと地元を想い続けてきた。これだけは胸を張って言える。どんなに小さいことにも心血を注いだ。特に災害対策には全身全霊で取り組んできた。

花崗岩《かこうがん》で覆《おお》われる広島の土質は災害に弱い。僕が現職の間、選挙区は豪雨災害に繰り返し襲われた。僕が「土砂災害防止法」の草案を作ったきっかけは一九九九年六月の「広島豪雨災害」だったし、同じく僕が草案を書いた「改正土砂災害防止法」の制定は二〇一四年八月「広島市北部豪雨災害」がきっかけだった。

僕が国交省と林野庁に働きかけて選挙区内に設置した国の砂防ダム・治山ダムの数は九十九基に上る。いまでも広島三区で災害が発生したと聞くと、居ても立ってもいられなくなる。地元は僕の命、僕の人生そのものだ。

お役に立てなくなった自分の身を僕は恨む。僕が馬鹿なことをしてしまったばっかりに、お役に立てなくなってしまった。僕は自分を恨む。

だけど、今回の経験があったからこそ学んだこともある。

僕は投獄されてから「苦しみの渦に巻き込まれてはダメだ。いまここでしかできないことを毎日やり続けないといけない」と決意した。

まずは、二度と過ちを犯さないため、自分と向き合い、これまでの生き方をぎりぎりと考えた。そして、今回の事案を招いた大元にあるのは、僕の人間性の欠陥にあるのだという内省にたどり着いた。

これまで僕は、いつも何かに追い立てられるようにイライラして余裕がなかった。いま思うと、追い立てていたのは僕自身だったんだけどね。忙しければ忙しいほど、人生は充実していると思い込んでいた。周りの人たちへの尊敬と感謝が足りなかった。

あのまま何事もなく進んでいたら、周りの人たちはみんな、僕の肩書きに仕方なく付き合うだけだっただろう。そして本心では「嫌なやつだなあ」と思われたままで、人生を終わっていたと思う。まだ間に合う。「人生百年時代」というから、僕にはまだ四十年ある。いま、考え方、生き方を変えれば間に合うんじゃないかと思っている。

「河井克行2・0に」

初当選同期の河野太郎代議士からのお手紙に、「河井克行2・0になって出てくるのを待ってるよ」とあった。言わんとすること、よく分かる。これだけの経験をしたのだから、人間変わらなかったら、僕はほんまにアホや。

多忙を極めた国会議員時代にはできなかった多種多様な読書に挑戦したことも、この経験のおかげである。

吉田松陰《しょういん》先生が野山獄《のやまごく》入牢の十四カ月で六百冊もの書物を読破されたことを引いて、妻が手紙を送ってくれた。

「先生の人生の良い時のほとんどは、狭い牢内で過ぎていきました。だけどその中で世の中に繋がる思想と教育が生まれたことに、私は深い感動を覚えます」

そして妻は僕に読ませたい本をせっせと送り続けた。渉猟《しょうりょう》した書は八百五十冊に達した。世界観・国家観・歴史観・人生観を養いたいと僕は頑張った。これだけ膨大な数の本を送っていただいた友人たち、ほとんどの本の差し入れをしてくれた妻に満腔《まんこう》の感謝をしたい。

また、国際政治学・安全保障学の専門書を、知己《ちき》の大学教授の指導によって文献講読し、レポートを提出し続けた。安倍総理の「おつかい」役で世界中を飛び回っていたときにこれらの知識を備えていたならば、特命の意味をもっと深く摑んで、相手方とのやりとりももっと意義あるものにできたのに、とほぞを噛んでいる。

英語の勉強にも毎日欠かさず励んだ。これも妻が素晴らしい問題集や単語集を見つけ出して、どんどん送ってくれた。米国のＣＳＩＳやブルッキングス研究所のレポートを打ち出して送ってくれたり、安全保障の原書のテキストもじゃんじゃん差し入れてくれた。おかげで、単語力は現職の総理補佐官時代よりも格段に向上したと思う。

僕の心の支え

二年にわたる獄中生活を一番支えてくれたのは、いうまでもなく妻の愛情だ。小菅の東京拘置所時代を含め、面会は百二十九回、手紙・電報は百六十二通。一回一回、一通一通に妻の温かみが溢れていた。励ましと、時には叱咤《しった》に僕は奮い立ち、「こんなに迷惑をかけたのに僕を支え続けてくれているあんりさんのためにできることは、一日も早い出所だ。負けてたまるか！」と頑張ってきたんだ。

ローマ・カトリックの信仰も僕を救った。毎日夜明け前の静まり返った時間。布団にくるまって祈りを捧げる。心の内を吐露すると涙がこぼれる。人生で一番、神様とお話をした。空が明け始めるころ、神様とのお話は終わる。「あー、今日も一日が始まるんだ」。こうして一千百数十回の朝を迎えてきた。祈りは僕の心を守ってくれた。

月刊『Hanada』の連載は、刑務所内で不可能とも思える自己表現の機会を可能にしてくれた。文章を書くことで、自らの尊厳と存在価値を確かめることができた。毎月の執筆がどれだけ生きる張り合いを与えてくれたことか。編集長にはいくらお礼を述べても言い足りない。

仲間の国会議員や友人たちがはるばる面会に訪れてくれたり、温かい励ましの手紙を送ってくれたりしたこともありがたかった。「君が生きる場所は狭い塀の中じゃない。広ーい外の世界が待ってるんだぜ」と、刑務所生活にどっぷり浸《つ》かってしまいがちになる〝受刑者脳〟に刺激をくれた。

塀の中での生活については連載で詳しく紹介してきた。刑務作業は図書計算工場で行ってきた。はじめの半年は計算係として、受刑者一人ひとりの作業時間、等工（作業内容）、評価をＰＣに入力して、毎月の作業報奨金額を計算・印刷した。

図書係に移ってからは、辞書・教養の特別貸与本と、二万冊超の各工場備え付け図書の貸出・返却・整理・修理に携《たずさ》わった。受刑者全員が、読書を通じて生活に喜びを持ってほしいと心を込めて作業した。購入・差し入れ書籍を寄附する社会貢献本の整理も行った。仲間の国会議員たちに書籍の充実も働きかけた。

工場内の掃除も便所から大浴場の更衣所まで当番制で行った。報奨金の月額は、七百六十二円から始まり、最新は三千六百三十三円だった。

僕の工場は十人前後とこぢんまりとしてみんな和気藹々《わきあいあい》と仲が良く、他の工場ではあるらしい、いじめや人間関係のもつれなどもなかった。同衆たちは個性的で楽しく、本当に良くしてくれたし、担当刑務官も良い職員だった。

出所したらやりたいこと

独房で過ごす時間は長かった。月〜木は週三回の入浴後、三時〜四時には部屋に戻る。あとは自由時間だ。金曜の矯正指導日は終日房にいて、DVDを一時間半ほど見る以外は自習できる。土日はずっと房だ。

自由時間を有効に使おうと、毎夕六時からと週末午前に放送されるテレビ番組（録画）はほとんど見ずに、週末の午睡《ごすい》も取らずに、連日、勉強と読書と執筆に没頭した。

これから僕はどうやって生きていくのだろうか。やりたいことは山ほどある。まずは四年ぶりに選挙区に帰り、大変ご迷惑をおかけした後援会、支持者のもとをお詫びに歩きたい。とにかく、早く皆さんのお顔を見たい、お声を聞きたい。懐かしいふるさとの風景に浸《ひた》りたい。

安倍総理の御霊前にも出所のご報告に伺いたい。「総理、ただいま帰りました！」とご挨拶することを夢見て、我慢に我慢を重ねてきたのに、その安倍総理が天に召《め》されるとは……。国際情勢が厳しくなればなるほど、「安倍総理がおられれば」と思う国民は増えていると思う。

中国、ロシア、トルコ、イスラエル、イランなど、強面《こわもて》の指導者たちと安倍総理だったら渡り合えた。再選の声が高まるトランプ氏とも稀有《けう》な信頼関係を作ってこられた。分断が進む世界政治を繋げられるただ一人の国際的政治家が安倍総理だった。

安倍総理ならば、状況に追従する外交ではなく、状況を創る外交を推進されたことだろう。悔しくて悔しくてたまらない。でも、嘆いてばかりいても総理は喜ばれないと思う。安倍総理のおかげで培《つちか》った人脈と経験・知見を活かして、外交・安全保障・宇宙分野でこの国に貢献していきたい。それが総理へのご恩返しだと信じている。まずはフィリピン、ワシントンDCを訪れたい。

これから始めたいことをいろいろと述べたが、まずは妻のもとに帰り、拘置所と刑務所にいた一千百数十日分のお喋《しゃべ》りをしたい。自身も苦難に遭いながら、僕を立派に支え抜いてくれたことに人生最大の感謝を表したい。

岡本太郎の言葉

妻といえば、彼女に不思議な出来事があった。

都内にある家の真ん前の交差点で信号待ちをしていた妻が、突然、見知らぬ女性に声をかけられたのだという。

「先生！　先生ですよね！」

見知らぬ人に「先生」と呼び止められた妻はびっくりしたが、聞くと、その女性は広島の人だというのだ。

その女性は、「先生だから私たちは応援したんですよ！」と力を込め、「私たちみたいに、まだ先生を応援している人はいっぱいいるんです！　また絶対頑張ってください。応援しています！」とその女性は仰《おつしや》ったのだという。聞けば公明党の支持者だと。

この四年間、全く表に出ず、ただただ沈黙を守ってきた妻に対して、一瞬の邂逅《かいこう》ですら励ましてくれる人がいるのだ。あの狂気のような悪意ある報道合戦の標的にされてしまった妻を、まだ思ってくれるありがたい支持者がいる。

広い空の下での偶然の出来事は、その女性の思いが氷山の一角であることを告げているように、僕には思えた。
妻の話を聞いた僕は、岡本太郎の言葉を思い出した。
「諦《あきら》め、闘いを放棄したその瞬間から、老人になる。浦島太郎の伝説はこの問題を鋭く突いている。太郎はみずみずしい若者だった。それを貫いていけば良かったんだ。全く変わってしまった故郷、ズレた『現在』を清らかな若い目で見返して、それに挑み、賭けていくべきだった。なぜ彼は玉手箱を開けたのか。その時彼は周囲のあまりにも変わり果てた姿に気を弱くして、挑むことをやめた。『現在』を放棄し、後ろを向いた。過去に逃げ込もうとした。その途端に、♪タロウはたちまちお爺さん……」(『自分の中に孤独を抱け』青春文庫)
いまの僕にぴったりの言葉だ。出所の第一声、僕は清々《すがすが》しく妻にこう言うんだ。「ただいま。これからまた僕たちの人生を始めようね」と。どんなことがあっても、僕は挑戦をし続けるんだ。

二〇二三年十一―十二月

妻からの「お帰りなさい」

十一月二十九日水曜日、僕は喜連川社会復帰促進センターを出所した。小菅の東京拘置所での収容を含めると一千百六十日、三年二カ月に及ぶ「塀の中」での生活が終わった。

通常朝九時頃の仮釈放は、僕の出所を待ち構える報道陣によって混乱が生じることを懸念した施設側の配慮により、早朝に行われた。

五時半、まだ外が暗い。刑務官が食器口を開け、周りの房に聞こえないよう小声で起床を告げた。いつものように朝食のコッペパンと牛乳が出されたけど、気持ちが昂《たかぶ》って食べずにそのまま置いた。

布団を畳んで、決まりどおりに端を丁寧に揃えて積み重ねる。これまで数えきれないほど行ってきた居室の整理整頓もこれで最後だ。前夜のうちに私物は鞄《かばん》に入れたんだけど、忘れ物がないかを確かめるため、もう一度独房を見渡し、迎えの職員の到着を待つ。

「あー、いよいよ出るんだな」

六時、刑務官たちがやって来た。足音を忍ばせて管理棟に向かう。精算された作業報奨金と領置金を受け取った。二年一カ月間の刑務作業を通じて得た報奨金は五万円余。

早朝なのに、職員たちがわらわらと大勢いる。僕一人の仮釈放決定書授与式に臨むため、とある部屋に連れて行かれる。暫し待つと、センター長が入って来た。

「私は先生が小菅にいらっしゃった時、東京拘置所の管理部長をしていました。先生がここに移られたのを追っかけるようにして喜連川に来たんです。小菅でもここでも毎日、先生の様子を見に行っていました」

受刑者は工場での作業中、決してよそ見をしてはならない、巡察に来た職員を絶対に見てはならないという決まりがある。それを破ると調査・懲罰を喰らうので、僕は彼らをチラ見したことすら全くなかったんだけど、この人は僕をずっと見続けてくれていたのかと思うと、なんだか胸が熱くなった。

同時に、これまでずっと刑務官から「河井！」と大声で呼び捨てにされ続け、なかには勘違いした若い職員から暴言を吐かれたことも何度かあったのに、出所の段になった途端に、ここで一番偉いセンター長から「先生」と話し掛けられる現実の移り変わりに戸惑いを感じた。

決定書が手渡され、仮釈放中の遵守事項《じゅんしゅ》を宣誓して、センター長から「おめでとうございます」と言われ、式はすぐ終わった。部屋を出て多くの職員と廊下を歩く。扉が開けられる。中庭のような所の先に数人立っているのが見える。妻がニコニコと微笑んでいるのが、遠くからでも良く分かる。

やっと、ようやく、ついに、ほんとうに、この瞬間がやってきたのだ。これまで数え切れないほど夢見てきた瞬間が。

最初に口にした飲み物

人だかりに近づく。本当は妻をガシッと抱きしめたかったけど、大勢の人前では照れ臭いので、ギュッと手を握るだけにした。

「お帰りなさい」

優しく語りかけてくれた妻の声を、僕は一生忘れないだろう。

その隣には、わざわざ遠路を出迎えに来てくれた衆議院初当選同期の桜の議員が立っている。深夜三時頃に都内を発って妻を乗せて来てくれたのだ。その友情が心に沁《し》み入る。

車に乗り込んだ。寒いなかを何人もの刑務官たちが警備・誘導に当たってくれている。

センターの敷地を出て、目の前を走る国道に出た所には警察車両も待機していた。マスコミは未だ一社も来ず、センターが案じていた混乱もなくて良かった。

どこから漏《も》れたか分からないけど、出所日の情報はメディアに知られていた。でも、さすがに六時半に出て来るとは予想していなかったのだろう。鈴木宗男先生が出所した時だって、八時過ぎだったんだから。

車に乗ってまずしたのは、温かいミルクティーを飲んだこと。ごっくんと久しぶりに好物が胃に沁みる。塀の中では録画番組しか見られなかったテレビが、朝のニュースを生で伝えているのが新鮮極まりない。ポツリポツリと友や妻と言葉を交わす。

「もう、面会時間三十分の制限を気にしなくてもいいんだ。言いたいことを慌てて早口で話さなくてもいいんだ。時間は限りなくあるんだ……」。

そう思うと嬉しくて堪《たま》らないんだけど、なかなか言葉が滑らかに出てこない。窓の外には雲ひとつない北関東の美しい空が広がっていた。

九時過ぎ、霞が関インターチェンジで下りて懐かしい国会議事堂や首相官邸の脇を通り、議員会館の地下駐車場に入る。迎えに来てくれた議員とはそこで別れる。固く感謝の握手を交わす。そこで、別の同期の仲間が提供してくれた車に乗り換えた。

お寿司をしみじみと堪能

都内の某ホテルに着いたのは九時半頃。部屋に入るやすぐにシャワーを浴び、湯に浸かる。刑務所の入浴時間は十五分間だったけど、もう時間を気にしなくてもいいんだ。塀の中では使えなかったナイロンタオルでゴシゴシと身体を擦《こす》り、塀の中では使えなかった歯間ブラシでスッキリと歯磨きをした。

本当は心ゆくまでのんびりと湯に浸かっていたかったんだけど、出所後初めての保護観察官・保護司面談がすぐあるのでそうもいかない。本来ならば、出所者はその日のうちに帰住先を管轄する保護観察所に出向かなければならないのだが、鈴木宗男先生や村上正邦《まさくに》先生、堀江貴文氏らの受刑中寄り添い弁護に当たられた古畑恒雄《ふるはたつねお》弁護士が当局に掛け合ってくださり、先例に倣《なら》い、観察官らにはホテルまでご足労いただいた。

身元引受人である妻と古畑弁護士が同席した面談は三十分ほどで終わった。刑期満了まで月に二回面談をしていただく保護司の先生は温かい心優しい方だった。東京保護観察所の担当者は、「私が海外赴任から帰国する際の辞令の発令者は河井大臣のお名前でした」と話してくれた。人と人との繋がりって、不思議で面白い。

面談が終わると、友人・知人らが入れ替わり立ち替わり出所祝いに駆けつけてくれた。国会議員の先輩・同僚たち、一審の弁護人、役所OB、地元の政治家、ヴァチカンの神父、そして花田編集長も。

仲間の議員と食べた昼飯はカツ重とクラムチャウダーという微妙な組み合わせだった。夢にまで見た美味しそうな食事なのに、刑務所の粗食に慣れた胃が受け付けてくれない。食べたい気持ちは満々なのに、半分くらいしか食べられない情けなさを味わった。

夕方、長年通い慣れた散髪屋さんに行った。刑務所で受刑者がバリカンを使って刈り上げていた髪型を綺麗に整えてもらった。伸び放題だった眉毛と耳毛（！）もバッサリ切ってもらい、娑婆《しゃば》に戻ってきた実感が湧いた。夜は妻と元秘書と一緒に、行きつけのお寿司屋さんに。塀の中ではナマ物は出なかったので、大好きなお寿司をしみじみと堪能できた。

久しぶりのアルコールは、これも身体が受けつけない。グラス一杯のシャンパンだけで、したたかに酔ってしまった。九時過ぎ、都内の自宅に入った。初めて見る自宅マンションに、僕は借りてきた猫のように小さくなって入っていった。

体重が十四キロも減少

次の日からは、健康状態を調べるため、人間ドックを受けたり、かかりつけ医に受診したりした。体重は最も多かった時と比べて十四キロも減っていた。ドックのたびに注意されていた脂肪肝の所見がなくなり、中性脂肪・尿酸値・コレステロール値なども劇的に下がっていた。けれども、その反面、栄養不足と筋肉量減少を指摘された。

五分も歩くと、息がハアハア上がってしまう。極度に体力が落ちていることに気づかされた。検察が深夜、強引に踏み込んできた際に受傷した膝半月板損傷によって、医師から走ることを禁じられた僕は、運動時間にせいぜい散歩することしかできなかったのだ。

仮釈放前の二週間は社会復帰に備えた講習を受けた。一般の受刑者たちは「仮釈放前室」という区画に移動して、同衆たちと一緒に講義を受けたり、生活を共にしたりする。食事も入浴も運動もトイレも共同だとか。

そこは自主管理が原則なので刑務官は常駐していなくて、あるのは監視カメラだけ。そのため、せっかくあと少しで社会に戻れるというのに、受刑者同士でのいざこざが発生するという。その辺りを考慮して、僕は「仮釈放前室」ではなく、新入訓練区画の独房に移って、テレビで教材を視聴したり、職員から一対一の講義を受けたりして過ごした。刑務所に入ったばかりの不安に満ちた日々を思い出しながら。

社会復帰の心構え、仮釈放の意義と手続き、遵守事項・保護観察制度、再犯防止指導、望ましい人生観、被害者感情理解、将来の生活設計、社会保障、法律関係、就労関係、健康管理・感染症対策、薬害・酒害、交通安全指導、余暇時間の活用などについて、職員が講義するビデオを連日二〜三時間視聴したり、指定読書（犯罪被害者家族の手記）の感想文を書いたり、受刑生活で感じた施設への改善要望を書いたり、自由時間には自分の本を読んだり――結局、塀の中での読書は八百七十冊に達した――、英単語学習をしたりして過ごした。

自己啓発のビデオで、マット・デイモン主演『グッド・ウィル・ハンティング／旅立ち』が放映されたのは面白かった。もっとも、二十七年前に公開された映画というあたりに、ビデオ教材全般に言えることだが、古臭さを感じた。

一連の仮釈放前講習を受け、いくつかの課題を感じた。まず、講習ビデオはもっと早くから見せるべきではないだろうか。僅《わず》か二週間前になって社会に復帰する自覚を持たせようとするのではなく、塀の外の生活を常に意識させることが肝要と考えるからだ。

前にも述べたが、受刑者たちは過酷な刑務所生活に順応しようと努めるあまり、「自分の人生は塀の中にある」という誤った認識――僕は〝受刑者脳〟と名付けた――を抱いてしまうのだ。出所に向けた心の準備は不断に進めさせるべきなのに、現実はそうなっていない。

さらに、刑務所の改善点を出所前に書かせることにも積極的な意味を見出《みいだ》せられない。なぜなら、施設にまだ居る段階で受刑者が本音を語るとは到底思えないからだ。出所して身体の拘束が解けた後でないと、本心を吐露する危険を冒《おか》す人はまずいないだろう。「アンケートを取りましたが、特に施設の問題点は指摘されませんでした」というアリバイ作りのための意見収集であってはならないと考える。法務省が刑事施設のあり方を本気でより良くするつもりがあるならば、以前にも書いたとおり、聴き取りは出所後に行い、各施設の課題を把握することが必要であると考える。

社会に戻って十日あまりが経った。不思議なことに、あれだけ毎日のように見続けていた夢を全く見なくなったのは、どうしてだろうか。

二～三日に一度は、選挙に出る夢や地元で政治活動を行っている夢を見続けた。夢のなかで、たいてい僕は落選した後、再挑戦するために動き回っていた。妻が選挙に立つ夢も数多く見た。安倍総理をはじめ、お世話になった先輩議員や親しい友人の議員らもしばしば夢に出てきていた。夢のなかで僕はいつも戦っていた。戦う夢を見ることで、極度に緊張を強《し》いられる生活のなか、心の平衡《へいこう》を保とうと本能的に努力していたのだろうか。

逮捕当日に交わした約束

いま、愛する妻がずっと側にいてくれる。友人・知人とも自由に連絡を取ることができる。僕は毎日を穏やかに過ごしている。それでも時々ふとした瞬間に喜連川を思い出すことがある。

夕方になり、暗くなってくると、あの狭くて寒い独房から所在なげに外を見ていた日々を。

「負けて堪るものか。このままでは絶対に終われない」と自分を奮い立たせ、歯を食いしばって不条理と理不尽に耐えていたあの日々を。

そして、苦労を共にした図書計算工場の同衆たちの顔も浮かんでくる。

リーダーだった工場長、朗《ほが》らかだった衛生さん、モンチッチに視察メガネにパワーリフト、陰謀さんに、人の良い裕次郎……。

「この人たちだって我慢しているんだから、俺だって」

彼らがいてくれたおかげで、僕は受刑をやりきることができたのだ。みんなには今度こそ、自分にも他者にも幸せをもたらす人生を送ってほしい。あの彼らのためにも、再犯のない社会作りを目指し、稀有《けう》な経験を基にして、僕は政策提言を行っていく。

小菅と喜連川での日々は、僕にとってかけがえのないものだった。

二〇二〇年六月十八日の逮捕当日、妻は僕にこう言った。「強く格好良くなって帰ってきてね」と。それから三年五カ月。出所した夜、新しい自宅に着いた僕は、ずっとずっと気になっていた問いを妻に発した。

「ねぇねぇ、逮捕される直前に僕に言ってくれた言葉だけど、僕は強く格好良くなったのかなあ?」

妻の答えは、僕の想像を超えていた。

「えっ?　なんのこと?　わたしそんなこと言ったかしらぁ」

妻の期待に応えないといけないとひたすら頑張ってきたのに、それはないだろう……と思いつつ、見つめた妻の顔は幸せで輝いていた——と僕は思った——。

あとがき

月刊『Hanada』で連載していた「獄中日記」は受刑中の僕の魂を救ってくれた。文章を考え、字を書くという営みが、こんなにも人間の尊厳を守り、心に平安をもたらすのか。僕は『Hanada』に毎月原稿を寄せることで初めて知った。日本の刑務所では自分の思いや考えを表す行為が厳に禁じられている。ただひたすら刑務官の指図《さしず》どおりに、心を殺し、頭を無にし、息をすることだけが求められている。外の社会とはとてつもなく厚く高い壁で隔絶《かくぜつ》され、愛する家族とはたまの面会や僅《わず》かな手紙でしか心を通わせることができず、友人・知人・同僚たちとの通信はほとんど閉ざされる。

僕はそんななかで一千百六十日間生きてきた。

あの過酷な環境で心を保てたのは、ひとつには妻・河井あんりの愛情と支えがあったから。もうひとつは『Hanada』の連載を毎月執筆したおかげだ。小学生の頃政治に興味を覚え、中学高校では社会科ばかり勉強し、大学は政治学科に行き、松下政経塾で政治家を志《こころざ》し、二十七歳で立候補、三十年以上政治の道一筋に走り続けてきた僕にとって、社会とのかかわりを完膚《かんぷ》なきまでに断ち切られた収監は、人間存在の危機《クライシス》であった。その危機を救ってくれたのが「獄中日記」を書くという作業だった。それは、一切の自己表現を禁止されている空間で自らを表せる唯一の機会であった。この機会を与えてくださった花田紀凱編集長にどれほど感謝を述べれば良いか、言葉が見つからない。

二〇二一年十月十三日、刑務所への移送を間近にした僕を、花田編集長が小菅《こすげ》の東京拘置所に面会に来られた。未知の生活を前にして、僕は随分しょぼくれた顔をしていたんだろう。「河井さん、『Hanada』に毎月連載を書いてもらっていいんですよ。なかでの出来事や、感じたこと、考えたことをなんでも自由に書いてくださいよ。獄中日記みたいな感じでね」と編集長がおっしゃった。

隣にいた妻が笑顔で「良かったわねぇ。あなたには塀の中にいても社会に役立つことをしてほしいの。世の中のためになる発信をしてね」と喜んだ。僕もホントに嬉しかった。編集長の言葉が、まるで芥川龍之介の『蜘蛛《くも》の糸』――お釈迦《しやか》様が地獄にいるカンダタの目の前に垂らされた一本の細～い蜘蛛の糸――のように思えた。

『Hanada』の執筆は僕の獄中生活の中心になった。毎月十日の締め切りに間に合わせるには一週間ほど前に速達で発送しなければならない。なぜなら郵便物の受付は週二回しかないから。便箋《びんせん》は制限一杯の七枚に細かい字でびっしり書き込む。下書きを含め、だいたい四、五回は書き直した。もちろんＰＣなど使えるわけがないので、途中で間違ってしまおうものなら、その都度文頭から書き直さなければならなかった。悪筆の僕だけに、少しでもきれいな字を書こうと指に力が入る。次第に親指の関節に痛みが生じた。最終の清書に辿り着く頃には、親指が曲がらないくらい痛みと熱を発していた。

一つの号が済むと、少し休んですぐ次の号の準備だ。再びボールペンを固く握り締める。カンダタが極楽に向かって蜘蛛の糸を少しずつ登って上がっていったように、頭を振り絞り構想を練り、一字一句に思いを込めて書き進めた。酷使し続けた親指の痛みはついぞ塀の外に出るまで治らなかった。

「獄中日記」の連載は花田編集長の漢気《おとこぎ》のおかげさま。その優しさは毎月欠かさず届いたお手紙に溢《あふ》れていた。妻を除き最も多くのお手紙を頂戴したのが花田編集長だった。当月の原稿への感想、温かい励まし、世相への寸評が極太の万年筆で認められていた。「いまでも僕を応援して、帰りを待っていただいている。僕は一人ではないんだ」。あの温かい字の連なりに胸を熱くしたものだった。

このままでは終われない

社会に帰ってから五カ月少々。少しずつ日常が戻りつつある。と言っても、もちろんかつての日常とはほど遠い。安倍総理の特命を受けて意気揚々と世界中を駆け回っていた日々。後援会の皆様との家族同然の屈託のない語らい。四季折々に煌《きら》めく地元広島三区の風景。気のおけない初当選同期の議員たちと飲んだり食ったり仕事をしたり。それら全てが、逮捕・起訴・実刑判決・服役によって絶ち切られてしまった。でもね、いまの生活が厳しいとか、哀しいとか、情けないとか、そういった負の感情はあんまり湧いてこないんだ。まあ元来が物事を深く考えない性分だからかも。逆に、感謝と幸せ、新しいことに乗り出す冒険心、このままでは終われないという気概が僕を包んでいる。

娑婆《しゃば》に戻って来て一番感じるのは、人の優しさ、温かさ、人とのご縁の不思議さ。ご縁とご縁がどこかでつながる、人生の妙をしみじみ思う。国会議員のときは、起きていても、寝ていても、夢の中で頭を占めていたのは次の選挙のこと、次の海外出張のこと、次の政局のこと、次の人事のこと、そんなのばっかりだった。「いま会っている人は自分にどんな利益をもたらしてくれるのだろうか」とか、「この人は僕の将来にとって得か損か」とか、いつもそんな目先の尺度で人を見ていた。本当にアホだった。

追悼写真集『安倍晋三MEMORIAL』(飛鳥新社)の出版に先立ち、妻は花田編集長から安倍総理の名言集を作ってほしいと頼まれた。膨大な資料を繙《ひもと》いて読みながら、妻は泣きながら総理の偉大さを改めて痛感したという。

感銘を受けたお言葉のひとつは、「その場にいる人たちと、いかに仕事と離れた時間を共に過ごすか。その行為を厭《いと》わず、日頃から地道な積み重ねを続けていけば、いざという時に『君のためなら、この身を投げうってでも働こう』と思ってくれる人たちが出てくるものです」(「安倍晋三独占インタビュー～危機の指導者とは」二〇二二年二月号『文藝春秋』)だ。

「仕事で役に立ちそうにない人との付き合いが、実は政治家にとって大事だと、安倍総理は仰《おっしゃ》りたかったんじゃないかしら」と妻が呟《つぶや》く。

いま僕は前科者で一介《いっかい》の素浪人《すろうにん》にすぎない「仕事で役に立ちそうにない人」だ。それなのに多くの方々が手を差し伸べてくださる。翻《ひるがえ》って僕は果たして艱難辛苦《かんなんしんく》を味わっている人たちに温かくしてきたのだろうか。尊敬と感謝を持って人々に接してきたのだろうか。かつての功利主義的な自分の言動を恥じる僕に安倍総理の言葉が沁《し》みる。

「獄中日記」が繋いでくれた地元

「獄中日記」は、地元広島三区の後援会・支持者の皆様のお顔を思い浮かべながら書き続けた。実際に読んでもらっているかどうかは分からないけれども、読まれているものと信じ僕は書き続けた。手紙を出すことも電話でお話しすることも叶わない後援会の皆様に、「こんなふうにして日々を送っています。元気です」とお知らせする気持ちで書き続けた。仮釈放後、僕は毎月広島に帰ってお詫び行脚《あんぎゃ》に回っている。後援会の皆様が口を揃えて、「この前あんりさんが持って来てくれた獄中日記を読んだよ。お父さんが亡くなったり、いろいろ大変だったねぇ」と気遣ってくださる。「この前」とは、二〇二二年夏に妻が久しぶりに広島県に帰って挨拶回りをした時のこと。彼女は「獄中日記」の写しをお一人おひとりにお渡しした。地元メディアによる一方的な過熱報道が連日続くなか、「獄中日記」は僕の肉声を正確に伝えてくれた。あれをきっかけに『Hanada』購読を始めたという方もいらっしゃる。僕と地元の皆様とを「獄中日記」が繋いでくれたことに感謝でいっぱいだ。

出所して四年数カ月ぶりに帰郷した時の感動と感激を、「獄中日記」のあとの連載「いざ、再出発！」にずっと書き続けている。僕がこんな境遇になったので態度を変えた人もいるかもしれない。でもほとんどの後援会の皆様は僕の帰りをずっと待ってくださっていた。久しぶりの再会は涙、涙、涙の連続だった。むしろ現職の時よりも親しみを込めて話をしてくださることがありがたい。

「だって三十年以上もお付き合いしてこられたわけですから。今回のことなんかで揺らぐような関係ではまったくないと思います。数年間の空白なんて一瞬ですよ」と、一緒に回ってくれる元秘書さんはそう言い切る。生涯を通じ、これからも故郷広島の皆様と一緒に歩いていきたい。

どんなことにも歓びを

実に可愛らしい猫の装丁《そうてい》と挿絵《さしえ》を版画家の大野隆司先生が描いてくださった。「若い人たちにこの本を読んでもらいたくて」と大野先生は仰る。まったく同じ気持ちだ。僕は永田町でも最大級の「大しくじり先生」。僕の蹉跌《さてつ》と悔悟《かいご》、悲哀と歓び、絶望と希望のなかに何かを感じ取ってほしい。

——世間はあなたが思っているほど冷たくないんだよ——

——世の中は結構思いやりと人情でできている——

――急ぐ必要は全くないんだ。結果はあなたが思っているほど変わらないから――

――真面目に生きていたら、必ず人生は拓《ひら》けてくる。あなたの人生は無限の可能性を持って広がっているんだよ、あの空のようにね――

――仕事も大事。でもどうか人生を愉《たの》しんでください――

僕が塀の中に入らなければ分からなかったことを、若い人たちはそんな経験をしなくても摑んでほしい。猛烈にそう願う。

いまもふとした時に、あの暗く閉塞《へいそく》した独房の日々を思い出すことがある。あの圧倒的に寂しく辛《つら》い経験をした僕は、いまどんなことにも歓《よろこ》びを感じられるようになった。思いどおりにいかないことがあった時は、塀の中で毎日自分に言い聞かせていた言葉を呟くんだ。

「負けて堪《たま》るか！　ま、なんとかなるっしょ」とね。

編輯《へんしゅう》の任にあたってくださった佐藤佑樹さん、『Hanada』に連載の機会を与えてくださった花田編集長、そして僕が送った原稿をいつも情け容赦なくバッサバッサと削除して規定の字数に収めてくれた妻に心からの感謝でいっぱいです。

この本を本屋さんで手に取っていただいた皆様、最後までお読みいただいた皆様、ありがとうございます。こんな経験をしてきた僕でも、人生はおもしろいと思っているんです。この本が、生きることの素晴らしさや人生の醍醐味《だいごみ》を考えるきっかけになれば、僕はすごく嬉しいです。

二〇二四年五月五日

喜連川社会復帰促進センター　称呼《しょうこ》番号二八一九番だった　河井克行

【著者略歴】

河井克行（かわい・かつゆき）

1963年、広島県生まれ。
慶應義塾大学卒業後、松下政経塾に入塾。広島県議を経て、96年、衆議院選挙に初当選（広島3区）。外務大臣政務官、自民党国防部会長、法務副大臣、自民党副幹事長、衆議院外務委員長、内閣総理大臣補佐官（外交担当）、自民党総裁外交特別補佐などを務める。当選7回。第2次安倍政権発足後だけで34回を数えるワシントンDC出張をはじめ、戦略的に重要な国々を駆け回り、安倍晋三内閣総理大臣の“密使”として首脳外交の下支えを行い、第4次安倍第2次改造内閣では法務大臣を務めた。

本書は月刊『Hanada』2022年3月号「獄中手記　闇に葬られた『買収事件』の真実」、同2022年6月号〜2024年2月号に掲載された連載「獄中日記」に加筆修正したものです。

獄中日記　塀の中に落ちた法務大臣の1160日

2024年6月30日　第1刷発行
2024年10月25日　第2刷発行

著　者　河井克行
発行者　花田紀凱
発行所　株式会社　飛鳥新社
〒101-0003　東京都千代田区一ツ橋2-4-3　光文恒産ビル2F
電話　03-3263-7770（営業）　03-3263-5726（編集）
https://www.asukashinsha.co.jp
装　幀　DOT・STUDIO
イラスト　大野隆司
印刷・製本　中央精版印刷株式会社

ISBN 978-4-86801-020-3

編集担当　佐藤佑樹